GOLDMANN

Buch

Jack Frusciante, der Gitarrist der Red Hot Chili Peppers, hat die Band verlassen, er ist einfach gegangen. Warum nur?
Alex, der siebzehnjährige Held des Romans, weiß warum, er verspürt eine tiefe innere Verwandtschaft zu dem berühmten Gitarristen. Auch er hat etwas hinter sich gelassen: Der von Lehrern und Mitschülern gleichermaßen geschätzte brave Musterschüler, ist von einem auf den anderen Tag zum nachdenklichen Einzelgänger geworden. Mit gnadenloser Direktheit und im eigenwilligen Jargon seiner Generation erzählt er nun von seiner Familie, die vor Lichtjahren einmal lebendig war und heute nur noch vor der Mattscheibe zusammenfindet, oder von seinen wenigen echten Freunden, die sich alle mehr oder weniger schwer tun in einer Gesellschaft, in der Schein und Geld die emotionale Leere füllen sollen. Und während er, wie jeden Tag, mit seinem Rad durch Bologna fährt, gehen seine Gedanken immer wieder zu Aidi, die für ein Jahr nach Amerika gehen will. Aidi, seine große Liebe . . .

Autor

Enrico Brizzi, geboren 1974 in Nizza, lebt meistens in Bologna. Sein Roman »Ein verdammt starker Abgang« war neben Susanna Tamaros »Geh, wohin dein Herz dich trägt« *der* Überraschungserfolg in Italien. Zunächst erschien das Buch bei einem Kleinverlag und schaffte durch sein überragendes Presseecho den Sprung auf die Bestellerliste, dann wurde das Buch von einem großen Verlag erworben und hat sich seit mittlerweile vielen Monaten auf der Bestellerliste etabliert. Der Roman wurde mehrfach für Preise nominiert und mit großem Aufwand verfilmt.

Enrico Brizzi

Ein verdammt starker Abgang

Roman

Aus dem Italienischen von
Ulrich Hartmann

GOLDMANN VERLAG

Die italienische Originalausgabe erschien unter dem Titel
»Jack Frusciante è uscito dal gruppo« bei Transeuropa, Ancona

Umwelthinweis:
Alle bedruckten Materialien dieses Taschenbuches
sind chlorfrei und umweltschonend.

Der Goldmann Verlag
ist ein Unternehmen der Verlagsgruppe Bertelsmann

Deutsche Erstausgabe 1/97

Umschlaggestaltung: Design Team München
Umschlagfoto: Photenica, Rob Kearney
Autorenfoto: L. Cendamo, Grazia neri, Milano
Satz: DTP-Service Apel, Hannover
Druck: Elsnerdruck, Berlin
Verlagsnummer 43420
Ge · Herstellung: Heidrun Nawrot
Printed in Germany
ISBN 3-442-43420-3

1 3 5 7 9 10 8 6 4 2

Für Andrea P. und für T.,
die gezeichnet und geschrieben haben

Intro

bald würde sich auch dieser blöde Februar verflüchtigt haben

bald würde sich auch dieser blöde Februar verflüchtigt haben und der alte Alex fühlte sich voll unglücklich aber auf Distanz, als ob sein Leben – ziemlich typisches und krasses Gefühl gebe ich zu – einem anderen gehörte

aber jetzt lacht bitte nicht, weil der alte Alex war damals nicht mal achtzehn und der Himmel hing wie ein Klumpen fettes Blei über Bologna und ließ gar nichts Aufregendes erwarten, nicht mal so ein reinigendes Gewitter das die Straßen sauber wäscht denn seit fast zwei Wochen lag die Stadt wie betäubt unter einem namenlosen dünnen Regen

als einer, der den alten Alex kennt und der eingeweiht ist, beschränke ich mich auf die Bemerkung daß eine gewisse Geschichte mit einem Mädchen ihm inzwischen wie in der Erinnerung versackt vorkam, zerdrückt von der Wahnsinnsöde des täglichen Lebens: vier Monate irrsinniges Glück mit ihr schienen ihm – und das war wieder eins von seinen krassen Gefühlen – gar nichts gebracht zu haben

hört zu: bis zu der entscheidenden Wende mit sechzehneinhalb Jahren war unser aufgeweckter gekämmter ultrapassiver Minderjähriger – ein absolut eifriger Schüler – eine Handbreit vom Pult der Lehrer entfernt vor sich hingefault und hatte sich immer Notizen gemacht, das Herzchen! fleißig! hilfsbereit! hingebungsvoll! in jeder Hinsicht eine gute Schulleiche, und strategisches Zuspätkommen zur zweiten Stunde? *niemals!* seine tiefen Schuldgefühle hätten ihn ganz schlicht umgebracht, und unentschuldigtes Fehlen? *wir wollen doch keine Witze machen!*

so vorbildlich daß einem die Luft wegbleibt, könnt ihr mir glauben, doch eines schönen Augenblicks, an einem Maimorgen, es tagte eben, gerade hatte er Zwei von Zwei von Andrea De Carlo ausgelesen da hatte dieser Wahnsinnige mit jugendlich fiebriger und irgendwie übermenschlicher Härte beschlossen daß nichts mehr wie früher sein sollte weil es fiel ihm dank Zwei von Zwei wie Schuppen von den Augen was für ein dummer Mist das alles war, sagen wir mal Tabellen unregelmäßiger Verben synoptische Tafeln die sogenannte Demokratie in der Schule und der Konformismus und die Heuchelei bei den Lehrern, ihre Falschheit die Schüler zum unabhängigen Urteil zu ermutigen und die subtile Verbissenheit mit der diese Bastarde jedes kleinste Anzeichen von Autonomie bestraften

und im September zu Beginn der zweitletzten Klasse waren der befreite Alex und sein Freund Oscar vor der Gruppe schlafwandlerischer Schüler die Treppe hochgerannt und hatten die versteckteste Bank in der Klasse besetzt, zappelnd wie junge Hunde, und sich gleich wohlgefühlt in ihrer Haut als die Neuen Lustlosen und Verwahrlosten, und so waren Herbst und Winter dumpf und zäh in den gelblichen Mauern des Caimani-Gymnasiums vergangen aber unter Strom und schnell *außerhalb* dieses miesen Gefängnisses in Gesellschaft von Depression Tony und Helios Nardini und diesem funkelnden Hirn von altem Hoge dem einzigen Menschen auf der Welt (ich schwöre euch es dauerte Monate ihm seinen Irrtum klarzumachen) der davon überzeugt war daß die richtige

Aussprache von Blue jeans Bludschinx sei, mit einem X am Ende

und Anfang März war schon strahlend schönes Wetter in der Stadt und jeden Morgen rollte Gott einen derart blauen Himmel mit so ein paar schneeweißen Wattewolken in der Ferne auf daß es unmöglich war nicht vor Glück zu lächeln und auf den Balkon zu treten oder auf die Straße zu gehen und der Versuchung zu widerstehen ihm zuzurufen: Danke Chef, das vergessen wir dir nicht!

und der alte Alex putzte sich dreimal am Tag die Zähne und ging zur Schule um die Bank zu wärmen und Direktor Scheißrotarier und Rotarier Drecksäcke auf die Klotüren zu schreiben und dann kam er wieder nach Hause und aß schnell Spaghetti Kotelett Apfel, verbesserte den Tetris-Rekord und war gleich wieder draußen auf dem Sattel von seinem Bike und raste den steilen Weg runter zur Saragozza Avenue weil es reichte auch spät nachmittags wieder dazusein und sogar die Madre hatte es voll satt ihm vorzuwerfen daß er den lieben langen Tag nichts tat und hatte ihr Söhnchen inzwischen aufgegeben

der alte Alex liebte das Pflaster der Via Collegio di Spagna den schnellen Asphalt der Alleen die Porphyrweite der Via Rizzoli und er liebte auch den ganzen Rest, die orangeroten Sonnenuntergänge hinter San Luca ein neues T-Shirt anziehen hochfahren und Großmutter Pina guten Tag sagen und eine Kleinigkeit bei ihr essen und mit ihr drüber reden was es Neues gab in der Politik oder im Fernsehen

die liebliche Adelaide war im Grunde noch in der Stadt . . .

um es mit dem alten Alex zu sagen, an manchen Nachmittagen hatte er sich so stark nach dieser Adelaide gesehnt daß es ihm weh tat, aber er hatte irgendwie auch achtgegeben

ihr versteht

so war sie zwischen mißglückten Andeutungen und Sehnsüchten und Ängsten in Amerika gelandet um dank einer dieser komischen Kulturaustausch-Geschichten dort drüben ein Jahr zur Schule zu gehen und okay sie hatte sich bei einer Organisation eingeschrieben und verschiedene blöde Eignungstests bestanden und dann eine Sprachprüfung in Englisch und dann was bezahlt, und nachdem sie das ganze Zeug hinter sich gebracht hatte war ein maschinengeschriebener Brief von Vater Mutter und fünfzehnjährigem Sohn aus Pennsylvania gekommen, sympathisch solide und offen, eine scheißbürgerliche Familie hinter häuslichen Wänden wo nach der Arbeit auch immer Platz für ein bißchen Vergnügen war, aber anständig

sie lebten auf dem platten Land, diese Nerver, eine halbe Autostunde entfernt von der Schule die Adelaide in den ewig langen zwölf Monaten besuchen würde

während ihres Aufenthalts dort drüben hatte Alex ihr ab und zu geschrieben und auch Adelaide hatte geschrieben und einmal hatte er sogar angerufen und an der Saragozza Avenue war es fünf Uhr morgens und sie weinte

(und er hatte nie geliebt wie jetzt)

während über der Stadt der bleifarbene Himmel hing und diese Adelaide schon seit einer Menge Wochen weg war

(denn man liebt vielleicht nur in der Erinnerung wirklich steht geschrieben) dem alten Alex blieb nur sich tief unglücklich zu fühlen doch auf distanzierte Art und zu versuchen sich durch Aufschreiben an ihre Geschichte zu erinnern, auch wenn alles verworren wurde er nicht die Worte fand und schließlich nur Einzelheiten sah und basta, eine Begegnung vor dem Schaufenster von Feltrinelli ein kurzer Satz ein besonders fröhlicher flüchtiger Blick von ihr

sein Leben bis dahin paßte ganz in einen Jollinvicta

Adelaide war Anfang Sommer weggefahren und jetzt war Mitte Februar – ein finsterer Februar der an den Mauern der Via Porrettana langschlich wie ein Hund an einem Regensonntag – und dem alten Alex blieb nur dieser nutzlose kleine Schmerz auf dem Grunde der Seele versteht ihr

(dann an einem Nachmittag der schlimmer dazed and confused als die anderen war hatte der alte Alex überlegt daß sie doch bescheuert dumm sei die Geschichte von den Hunden die ihren Herren die Zeitung bringen und er hatte jedenfalls noch nie einen gesehen und die würden doch bestimmt die ganze Zeitung vollsabbern)

in Ordnung in Ordnung sicher

geordent, jawohl

okay beginnen wir mit dieser hingeschmierten Geschichte noch mal von vorn

erzählen wir *vernünftig,* ja.

Erstens
An diesem pseudofrühlingshaften Sonntag nachmittag

An diesem pseudofrühlingshaften Sonntag nachmittag hatte der alte Alex, als er zu Hause die Treppen hochstieg, eine Vorahnung, besser: eine Vorahnung wie ein *Funkbild* von seiner im Wohnzimmer verbarrikadierten Familie, die vor dem Grundig hockte und sich einen Amischinken reinzog. Einen Augenblick später, er war noch nicht mal aus seinem Parka, bewies ihm das grauenvoll realistische Bild, daß seine hellseherischen Fähigkeiten mit den Jahren immer erstaunlicher wurden: sie waren *alle* im Wohnzimmer und verfolgten, jeder auf seine Art gebannt oder überwältigt, die gewaltigen Ereignisse in Rocky IV; sein Milchbruder kroch fast in den Fernseher und träumte schon davon, eines Tages Profi-Boxer zu werden; die Madre schwankte gefährlich zwischen der harten Action und ihrer Lektüre der Bologna's Chronicles in der Repubblica; der Kanzler, halb im Sessel versunken und grundlos lächelnd, begleitete die Kinnhaken von Zwerg-Stallone mit leichten Zuckungen des zerrütteten Nervensystems und depressiven Imitationen von Ivan Dragos Roboterstimme.

»Großer Jesus«, murmelte der alte Alex und fühlte sich augenblicklich ausgepowert: »Waren diese armen Menschen einst, vor Lichtjahren, wirklich einmal eine lebendige italienische Familie?« Shit, echt, er konnte es kaum glauben, auch wenn die sein Herz und seinen Verstand verschlingende Fassungslosigkeit ihn nicht daran hinderte, sich selbst vor den Fernseher zu setzen.

Okay, über den radioaktiven Schirm des Grundigs flimmerte das gewaltige Epos mit dem gestauchten Bodybuilder – kein Zweifel, es war kein Trailer, sie zeigten tatsächlich den *ganzen* Film –, und während über Zwerg-Stallone die düstere, vielleicht definitive Drohung des sowjetischen Roboters Drago schwebte, läutete das Telefon. Völlig klar, daß sich der alte Alex, wenn er nur im entferntesten geahnt hätte, daß sich mit diesem Telefonläuten die liebliche Adelaide anschickte, in sein Leben zu treten, niemals so genervt und nuschelnd gemeldet hätte, wie er es schließlich tat: mit einem bunten Federkleid hätte er sich geschmückt, mit Schuhen aus massivem Gold.

»Hallo?« sagte er statt dessen nur – wenn auch in einem prächtigen, bühnenreifen Bariton, den er den Umbrüchen der Pubertät verdankte.

»Ist da bei D.?«

»Hier ist bei D.«, bestätigte Alex.

»Ich würde gerne Alessandro sprechen. Ich bin eine Freundin von ihm.«

»Am Apparat«, sagte der alte Alex und ließ alles weitere auf sich zukommen.

»Äh, ciao. Ich bin's, Adelaide«, sagte die Stimme am anderen Ende der Leitung. »Die Freundin von Francesca aus der 1c.«

Er kratzte zusammen, was er wußte: Francesca war ein hübsches Mädchen aus der Schule; sie waren sogar drei Wochen zusammengewesen, vor einiger Zeit, und Adelaide, die aus Sizilien kam, war ihre beste Freundin. Was wußte er sonst noch? Ah ja, daß sie mit Federico Laterza befreundet war, einem ausgeklinkten Typ in Goretex, ziemlich kraß, wie ihm das stand, und daß sie eine große

Schwester hatte, die verdammt nett war. Die ältere Schwester hatte vor einem Jahr das Gymnasium hinter sich gebracht: sie war in einer Klasse mit Federico Laterza gewesen, und jetzt segelten sie beide durch die Emmental-Welt der Universität. Francesca hatte ihm immer nur Gutes über diese Adelaide erzählt. Sie waren wirklich dick befreundet.

Der alte Alex hatte auch mit ihr gesprochen, einmal.

Über Gedichte und so.

»Ciao«, sagte er, und es kam gar nicht so begeistert heraus, wie er es sich gewünscht hätte, doch er wußte, daß die Verbarrikadierten hinter seinem Rücken die Ohren spitzten, und das erleichterte ihm die Live-Darbietung nicht gerade. »Wie geht's dir?«

»Gut, danke. Und dir?«

»Eben so.« Das sagte er immer.

»Ebenso?« Nie kapierte das einer.

»Eben so«, wiederholte er. »Nicht besonders schlecht, aber auch nicht umwerfend.« Er wußte, daß der Kanzler jetzt sardonisch grinste.

»Äh, *eben so*. Hör mal, Alex, erinnerst du dich, daß wir über Cummings gesprochen haben, diesen Wahnsinnsdichter, von dem ich dir erzählt habe?«

»Cummings? Was denkst du denn!« sagte er. »Klar erinnere ich mich.«

Das war das einzige Thema, über das sie je gesprochen hatten: Cummings. Dichter waren Vorbilder, Mythen, man redete über sie, als könnte man sie als Brechstangen benutzen, um die Mittelmäßigkeit des Alltags auszuhebeln und auf einer fernen Wiese Drachen steigen zu lassen. Sie hatte sich Cummings ausgesucht, und der alte Alex diesen Crack von Baudelaire. Er wußte nichts über Cummings, doch sie hatte von ihm als einem Genie geredet und ihm versprochen, daß sie ihm seine Gesammelten Werke leihen würde. Das war ja das mindeste.

»Dieses Buch, von dem ich dir erzählt habe, diese Sammlung . . . ich meine, ich habe es jetzt, ich kann es dir mitbringen.«

›Unglaublich‹, sagte sich der alte Alex und umklammerte den Hörer mit beiden Händen. ›Jesus.‹ Er fühlte sich ein paar Zentimeter größer als sonst. »Klar, das ist gut«, sagte er. Er beschloß, es ruhig angehen zu lassen, um nicht zu eifrig zu erscheinen. »Der alte Cummings«, seufzte er. »Wollen wir uns nicht nachher treffen? Ich meine: in einer *halben Stunde.* Kannst du in einer halben Stunde?«

»In Ordnung«, antwortete sie.

»Sagen wir: in einer halben Stunde in der Stadt?«

»In Ordnung. Ich bringe dir das Buch mit.«

›Jesus‹, sagte der alte Alex zu sich. Er warf einen prüfenden Blick auf seine Armbanduhr und machte die tigermäßigste Miene, die er drauf hatte. »Jetzt ist es Viertel-vor-vier-zehn-vor-vier. Sagen wir: um Viertel-nach-vier-zwanzig-nach-vier vor Feltrinelli?«

»Um zwanzig nach vier, einverstanden.«

»Vor Feltrinelli«, wiederholte er, um sicher zu sein, daß es keinen Zweifel gab. »Bei den beiden Türmen.«

»Bei den beiden Türmen«, sagte die Stimme am anderen Ende der Leitung.

»Genau«, meinte der alte Alex. »Wir treffen uns da in einer halben Stunde.« Er spürte, daß seine Hände innen unheimlich feucht waren; er wartete, daß sie auflegte, und warf dann noch mal einen prüfenden Blick auf die Uhr. ›Jesus‹, sagte er zu sich, und seine Augen glänzten ganz beachtlich, ungewöhnlich hoffnungsvoll.

Er durchquerte mit seiner Tigermiene das Wohnzimmer und sagte: »Ich geh noch auf einen Sprung zu Feltrinelli.«

Der Kraftzwerg auf dem Bildschirm rannte außer Atem über eine weite, verschneite Ebene, vielleicht in Wyoming.

»Feltrinelli hat *geschlossen*«, meinte der Kanzler aus seinem Sessel heraus.

»Ich muß nicht in die Buchhandlung rein«, sagte er. »Ich habe nur eine Verabredung *davor.*«

»Was soll das heißen?« fragte die Madre, ohne von den Bologna's Chronicles aufzublicken. »Du bist gerade erst nach Hause gekommen und gehst schon wieder?«

»Ich habe doch schon gesagt, daß ich verabredet bin.«

»Mit wem verabredet?«

»Mit einer Freundin, Madre.«

»Mit einer Freundin. Und wer ist diese Freundin?«

»Kennst du nicht. Was willst du denn mit dem Namen? Du kennst sie sowieso nicht.«

Sie ließ nicht locker: »Wie heißt sie? Und hast du überhaupt genug gelernt für morgen?«

Selbstkontrolle. Willensstärke, Willensstärke. »Ja, ich habe gelernt. Muß höchstens heute abend noch mal drübergehen. Sie heißt *Adelaide*, in Ordnung?«

»Adelaide. Und wann bist du wieder da?«

Willensstärke, Willensstärke. »Ich bin zum Essen zurück, einverstanden?«

»Hast du gehört, Kanzler? Der junge Herr ist zum Essen zurück ... Hör mal, du denkst, das hier ist ein Hotel, stimmt's?«

»Dann sag du mir, um wieviel Uhr«, bat der alte Alex und zog sich den Parka an. »Und ich halte das hier auch bestimmt nicht für ein Hotel, Madre. Ich habe nur eine Verabredung vor Feltrinelli.«

»Welche Uhrzeit findest du angemessen?« fragte der Kanzler und versank dabei unmerklich noch tiefer in seinem Sessel.

Willensstärke, Willensstärke. »Ist es in Ordnung, wenn ich um sieben wieder da bin?«

»In Ordnung, Fran?« Fran war der Name der Madre.

»Du hältst uns alle für minderbemittelt, stimmt's? Du meinst, du stehst *darüber*«, sagte die Madre.

Na gut.

»Geh du nur.«

Na gut.

»Doch der Punkt ist nicht, ob du *heute* gehst oder nicht, der Punkt ist, daß du nur hier bist, solange es bequem für dich ist.«

Willensstärke. Wenn du einen lauten Ton sagst, endet es damit, daß du nicht weg darfst. »Halb sieben. Das ist nun aber doch echt eine vernünftige Zeit«, meinte der alte Alex und kratzte aus den chthonischen Tiefen seines Parkas alle verfügbaren diplomatischen Ressourcen zusammen.

In diesem Moment fragte der Milchbruder, nur ganz kurz aus seiner präadoleszenten, voll asexuellen Schlaffheit zu sich kommend, doch noch sichtlich im Bann von Rocky IV: »Du, wo gehst'n hin?«

»Er geht aus, der Arme«, meinte der Chef der Verbarrikadierten ironisch. »Er geht *raus*, weil er sich hier *langweilt*.«

Wenn der alte Alex mit der verzweifelten Energie eines vielleicht ein bißchen kleineren und rockigeren Girardengo in die Pedale trat, dann nicht nur wegen seiner Verabredung, sondern auch, weil er vom Rand des Rings wegkommen wollte, ihr versteht schon. Aber immerhin ging es ja auch darum, Adelaide zu treffen, und deshalb radelte dieser Wahnsinnige dynamisch wie keiner und sang dabei leise und schräg White Man In Hammersmith Palais vor sich hin.

Alter Alex. Wenn er geahnt hätte, was für eine Art Musical da anfing, wäre er bestimmt nicht runter von seinem Bike, um dann den üblichen Auftritt mit dem beknackten Cowboyschritt hinzulegen und das übliche angeödete Sonntagsgesicht aufzusetzen . . .

Adelaide hatte ihre weiße Vespa schon geparkt, stand in ihrem grünen Pullover und mit einem unergründlichen, aber verdammt allumfassenden Zen-Lächeln genau vor Feltrinelli und besah sich die Bücher im Schaufenster.

Nein, wenn der alte Alex geahnt hätte, was für eine Art Musical da anfing, wäre er nicht mit dem üblichen Gesicht vor ihr aufgetaucht und so weiter, sondern hätte was facemäßig Hartes aus dem Zylinder gezaubert: Nicholson, de Niro oder wenigstens so eine eiskalt wichtige Miene wie Swan in Nightwarriors. »Hallo«, hatte er statt dessen zu ihr gesagt, im Kampf mit dem Fahrradschloß halb über das Bike gebeugt. Er atmete mit offenem Mund und hatte diese blöde Kette in der Hand. »Na, wie sieht's aus?« hatte er drangehängt, und dabei war ihm die Stimme fast weggesackt.

Dann, als sie durchs Zentrum spazierten, hatten diese beiden, die zusammen nicht mal dreiunddreißigeinhalb Jahre alt waren, sich erzählt, was sie im Leben machen wollten. Bis jetzt war ja alles ein bißchen unwirklich, bequem und unecht dahergekommen. Adelaide – Aidi für ihre Freunde – (ich weiß, *ich weiß*, das klingt fast so wie Heidi von der Schweizer Alm, die aus dem Zeichentrick) würde gern in Indien leben, vielleicht als Missionarin oder Fotografin oder so, das wußte sie noch nicht so genau.

Dem alten Alex hätte es gefallen, so was in der Art Journalist zu machen, weil Journalist, das war auch eine Möglichkeit, die beiden schönsten Sachen zusammenzubringen, Reisen und Schreiben. »Ich wäre gern Reporter«, hatte er, in gräßlichen Ernst versunken, zu ihr gesagt. »Nach Kuba oder nach Mozambique reisen, mit so einem Plastikpresseausweis, der mir vor dem Ramones-T-Shirt baumelt. Ich schwöre, wenn ich Reporter werde, lege ich mir einen Bürstenschnitt zu und kaufe mir ein Paar Clarks.« Nicht schlecht, he?

Aidi hatte ihm von Ex-Freunden erzählt, ein paar Geschichten, mehr oder weniger enttäuschend. Aber sie hatte nicht in der bescheuerten Ich-bin-mit-älteren-Jungs-als-dir-zusammengewesen-Art darüber geredet und auch nicht dieses andere Register gezogen: Ich habe keine ernsthaften Erfahrungen gemacht, auch wenn ich gekonnt hätte. Nein. Ihre Ehrlichkeit war direkt blendend, und jedesmal, wenn sie etwas sagte – *irgend* etwas –, schaffte sie es, Interesse und Faszination zu versprühen, und man sah kilometerweit, daß das keine Posen waren.

›Mein Gott‹, dachte Alex, als er neben ihr ging. Er fühlte

sich ein paar Zentimeter größer als sonst, als er so neben ihr ging und dachte: ›Das ist ja kein Mädchen, das ist eine ganze Platte von Battisti.‹

Manchmal, wenn sie aufhörte zu reden, war auf ihrem Gesicht ein Lächeln wie Morgenröte im Winter. ›Jesus‹, dachte Alex. ›Mein Gott‹, sagte er zu sich selbst.

Und dann war herausgekommen, daß sie nach Amerika gehen würde, in diesem Sommer. Sie würde dort die zweitletzte Klasse machen, und ihre ganzen Gedanken drehten sich darum, verständlicherweise. Sie sprach davon wie von der ersten großen Prüfung ihres Lebens, irgendwann nannte sie ihre Abreise »den großen Flug« – auch nicht schlecht, stimmt's? –, doch *alles*, was sie sagte, hatte so was speziell Poetisches. Ihr gefiel Bologna, ihr gefielen die Sträßchen im Ghetto, Richtung Universität, Richtung Konservatorium und Theater, dieselben Sträßchen, die der alte Alex mochte.

Sie hatten eine ganze Weile bis zur Via Zamboni gebraucht, und an jenem Sonntag nachmittag war schon schönes Wetter, die Jungs gingen Hand in Hand mit den Mädchen und hatten die Hemdsärmel hochgekrempelt.

An der Via Zamboni hatte Adelaide ihn ziemlich direkt und fast brutal gefragt, wieso er in der Schule immer so völlig zu wirkte. Was tat er denn nachmittags, fühlte er sich allein, nervte er sich oder was trieb er eigentlich, he?

Okay. *Total* begeistert hatte Francesca wohl nicht über ihn geredet, doch sie beide hatten sich dann trotzdem auf eine Bank gesetzt, die mit Nein zum Rassismus drauf, in der Gegend der Pinakothek.

Wenn man das Blau des Himmels sah, verstand man dann, daß es Frühjahr wurde? Nein, ich glaube nicht. Doch er verstand es. Kurz: Ich schwöre euch, egal wie er vielleicht wirkte, wenn man ihn sah, er fühlte sich offen und spontan wie nie in seinem Leben. Der alte Alex war ein Typ, der manchmal gern was vorspielte, gern verblüffte, vielleicht manchmal auch ein bißchen ein Arsch. Aber an diesem Sonntag nachmittag sprachen Aidi und er über Dinge, die sie jahrelang in sich verschlossen hatten, mit ganz besonderer, magischer Natürlichkeit und Leidenschaft: Aidi war durcheinander, weil ihre Eltern sich getrennt hatten, Alex hatte Angst, daß seine ihn nur als einen Teil ihrer eigenen Existenz wahrnahmen. Ihr versteht mich. Er hatte das Gefühl, als wäre er hier, auf dieser Bank, schon einmal gewesen, als hätte er Aidi schon vorher gekannt. Ihm schien, daß irgendwo in den Windungen des Gedächtnisses, in den Archiv-Videos der Grundschule etwas von ihr sein müßte: Villa Spada, wo er in seiner Pfadfinderuniform spielen ging; die Sonntagsessen mit Onkel und Tante in Casalecchio; der blaue Renault, den der Kanzler gekauft hatte, als er sechs Jahre alt war; der beschlagene Badezimmerspiegel, auf den der Milchbruder mit dem Finger »Es lebe Inter« geschrieben hatte; und dann gewisse Fender-Jaguar-Riffs in seinem Gedächtnis . . . In alldem war etwas von ihr, und dem alten Alex gelang es, mehr als sympathisch und mehr als natürlich zu sein, ganz ohne Berechnung, und schließlich war er sich fast sicher: er glaubte, Aidi schon immer gekannt zu haben, denn genau das sagt einem das Gefühl, Leute.

Sie hatten sich in einem echt dick aufgetragenen Sonnenuntergang vor den beiden Türmen verabschiedet. Zum Schluß, als er schon herumwerkelte, um sein Rad von der Kette zu befreien, war Aidi noch mal zurückgekommen, hatte ihm einen Kuß auf die Wange gegeben und war dann weggerannt, ohne sich umzudrehen.

Also, ihr versteht schon: der alte Alex hatte in diesem

Moment das blöde Gefühl, daß was Ewiges begonnen hatte, etwas, für das es lohnte, sich in der Bar auf dem Nachhauseweg selbst zuzuprosten, ganz hin und weg von dieser irren Freude, auch wenn unser Rocker, wenigstens in der ersten Woche, nicht besonders besessen oder wahnsinnig oder so daran dachte, wie ewig das Ganze war.

Okay. Es waren keine zwei Tage vergangen seit diesem Gefühl, als unser Alex – er hatte schon alle Gedichte des phänomenalen Cummings gelesen, na klar – am Telefon mit dem alten Helios Nardini über sie redete. Alex hatte von Anfang an darauf abgestellt, wie fertig ihn das machte, daß sie in fünf Monaten weit weg sein würde. Wenn er sich zu sehr darauf einließ – und genauso kam es ihm vor –, würde die Trennung ihm weh tun. Und der alte Nardini – man weiß ja, wie gewisse Themen unter Freunden abgehandelt werden, und Alex hatte nie wie einer gewirkt, der was übelnahm, eher wie der König der Lästerer – hatte den klassischen Spruch losgelassen: »Du mußt gucken, ob die Regel funktioniert, okay? Du weißt, was ich meine: Zunge in drei Tagen, Wichsen in drei Wochen, Möse in drei Monaten. Das ist die Regel, sorry, halten wir uns doch einfach an die Regel . . .« Doch unser Alex hatte sich augenblicklich beleidigt gefühlt: »Hör zu«, hatte er diesem Zyniker geantwortet: »An dieser Sache *liegt* mir was, verstehst du? Da werden keine *Witzchen* drüber gemacht.«

Tja, genau das waren die Neuigkeiten.

Und natürlich hatte der alte Nardini keine Nanosekunde verloren, sie Depression Tony und den anderen Catholic-Punk-Amigos zu stecken, und alles von Bologna bis zum Kanton Tessin herumgetratscht, der arme Typ. Doch Geschwätz und Verarschereien lassen uns kalt. Es zählt einzig und allein, daß der alte Alex wirklich ins Schwarze getroffen hatte: ich werde nicht soweit gehen zu sagen, daß er – mein Gott – *verliebt* war, doch ein bißchen aufgekratzt war er schon, verdammt.

Damals hatte er ihr den ersten Brief geschrieben – fünf oder sechs engbedruckte Seiten voller stark spätadoleszenter Gefühle und Hoffnungen –, und zum ersten Mal ließ er sich gehen, unser Rocker, und gab die Deckung auf. Klar, er hatte gleich gepeilt, daß es mit Aidi nicht war wie mit den verhuschten Schultussis Typ »Alex ich wollte dir sagen daß ich etwas für dich empfinde aber ich weiß nicht was« – und er zack! schon soweit, die Hose runterzuziehen, damit ihnen die Antwort kam. Kurz: Alex hatte sich nie ein Fitzchen darum geschert, was die Mädchen dachten oder nicht dachten, und jenseits der sozialen Konvention, daß man einem Menschen, der gerade redet, nicht ins Gesicht gähnt, hatte er immer ein gepflegtes Desinteresse an den Intrigen, Sehnsüchten und Ängsten seiner – lieber Gott – *Partner* an den Tag gelegt.

Jetzt dagegen . . . Ich meine, er war der *coolste* von allen, und von einem Tag auf den anderen erleben wir ihn als Dichter und Abtrünnigen der nihilistischen Nachmittage, ohne Schuhe auf dem Teppich bei Nardini, um über seine Abstürze zu reden, mit Urban Dance Squad und der Rollins Band, ein geileres Feeling, als am Freitagabend über die Piste zu fegen.

Aber klar.

Was den Rest betrifft, so vergingen die Tage auch in dem beklemmenden, grauen Caimini-Gymnasium, und die nutzlosen Schulstunden verstrichen mit dem Materialismus von Hobbes und der Kritik am Marinismus. Die von den Lehrern angedrohten Strafen und angekündigten Abrechnungen mit den faulen Schülern kamen nie, und unser Alex schlug im Zweifel die Bücher nicht einmal auf. Er saß in der letzten Bank und las eine Sammlung von Frigidaire-Heften, die ihm das alte Elektrohirn Hoge geliehen hatte: Comics und Rock von Anfang der 80er, die gleichen, die er als ahnungsloser Fünfjähriger im Haus der Großmutter aus dem Regal seines Onkel Sandro genommen hatte und bäuchlings auf dem Bett liegend ansah, während Onkel Sandro mit lauter Stimme Pathologie lernte.

Es roch nach 77, nach Punk, nach Brechstangen unter den Mänteln. Eine Menge Dinge kamen von daher, von Frigidaire, auch wenn Alex nicht kapierte, was alles damit zusammenhing. Inzwischen, mit Aidi: Grüße, Lächeln, Zettelchen in den Heften versteckt und tägliche Briefe. Tage mit Schreibmaschinenpapier, geschmückt mit der Sonne oder einer Wiese oder der Blume mit fünf Blütenblättern, mit der Aidi ihre Botschaften unterschrieb. Alles gezeichnet mit Buntstiften. Und sie bekam engbedrucktes Computerpapier, ein bißchen fröhliche, ein bißchen traurige Zeilen in New York 10-Pitch-Schrift; und der alte Alex stellte sie sich vor, wie sie am Tisch in einem Zimmer saß, das er niemals gesehen hatte, und las: »Wenn du einen Freund willst, so zähme mich.« »Was muß ich da tun?« sagte der Kleine Prinz. »Du mußt sehr geduldig sein«, antwortete der Fuchs. »Du setzt dich zuerst ein wenig abseits von mir ins Gras. Ich werde dich so verstohlen, so aus den Augenwinkeln anschauen, und du wirst nichts sagen. Die Sprache ist die Quelle der Mißverständnisse. Aber jeden Tag wirst du dich ein bißchen näher setzen können . . .« Am nächsten Morgen kam der Kleine Prinz zurück. »Es wäre besser gewesen, du wärst zur selben Stunde wiedergekommen«, sagte der Fuchs. »Wenn du zum Beispiel um vier Uhr nachmittags kommst, kann ich um drei Uhr anfangen, glücklich zu sein. Je mehr die Zeit vergeht, um so glücklicher werde ich mich fühlen. Um vier Uhr werde ich mich schon aufregen und beunruhigen; ich werde erfahren, wie teuer das Glück ist.«

Und sie und Alex, auch wenn sie tausendmal nicht wußten, was bei der Sache oben und unten war, sie waren genau das: *glücklich*, obwohl der alte Alex sich ein bißchen fürchtete, wenn er daran dachte, daß ihre Geschichte nur eine Geschichte von Siebzehnjährigen war, auf Zeit und mit dem elenden Timer schon auf Aidis Abreise nach Amerika gestellt.

Aber in der Zwischenzeit hörten sie wahnsinnig oft voneinander, und wenn sie sich wiedersahen, waren sie glücklicher und stärker. Jedesmal, wenn sie Lust hatten, sich zu sehen, verabredeten sie sich im Zentrum, liefen zwischen den Lichtern der Bars, Läden, Kinos herum, sprachen vom Kleinen Prinzen und wie man sich von den Zwängen des eintönigen Lebens befreit.

(Einmal war er vor ihr zu einer Verabredung dagewesen, und kaum hatte er gesehen, wie sie ihm entgegenkam, den Helm in der Hand und mit dem bunten Schal, kaum hatte er sie aus der Ferne erkannt, zwischen all den Leuten, war er auf sie zugelaufen und hatte gesungen, ohne den Mund zu öffnen: sie hatten sich lachend umarmt, auf die kalten Wangen geküßt.)

Und sie lebten ihren seltsamen Traum, und sie erzählten sich alles, und sie gingen spazieren und redeten und lachten und gingen spazieren und redeten gegen alles schon Geschehene an, genau wie in einem langen Traum, diese Irren. Und dann und dann

und dann, an einem finsteren Tag, war die Sprache

Quelle der Mißverständnisse gewesen. Eher: Quelle *eines* Mißverständnisses, ein einziges, doch das war das Traurigste, was der alte Alex in seinem Leben je gefühlt hatte

an einem eiskalten Abend auf der Piazza Maggiore hatte der alte Alex sie gefragt, ob sie mit ihm zusammensein wollte. Das war doch das Normalste, an dem Punkt, wo sie waren, oder?

Nur daß.

Nur daß sie ihm fest die Hand gedrückt und gesagt hatte, daß sie darüber nachdenken würde, doch in ihren Augen war ein trauriger Schatten gewesen.

Er war nach Hause gegangen, mit einem Gefühl, als müßte er ersticken, mit der Vorahnung, daß jetzt eine Zeit kam, die er sich absolut nicht klar vorstellen konnte, in der er nichts von Aidi hören würde.

Und den ganzen nächsten Sonntag: Alex hart, Alex bockig, Alex, dem es schnurz ist, Alex, der zerschlagen auf seinem Bett liegt und Die Möwe Jonathan liest, die Aidi ihm geliehen hat.

Alex überflüssig und traurig wie alkoholfreies Bier.

Aus dem magnetischen Archiv des Herrn Alex D. Dieser Sonntag ist der mieseste Tag in meinem Leben. Normalerweise gehe ich am Samstag spät ins Bett, oder ich trinke zuviel, und der Tag danach ist ein bißchen finster, weil ich mich vielleicht noch schlecht fühle. Jedenfalls ist der Sonntag der schlimmste Tag der Woche. Keine Chance, das anders zu sehen. Außerdem haben das auch Leopardi und Vasco gesagt. Klar, Vasco gefallen Montage genausowenig, aber was soll's. Okay, ich fühle mich ganz unten, aber anders als sonst ... Ich denke an Aidi, die sagt, es ist besser für uns beide, wenn wir nichts mehr voneinander hören, und ich schaffe es nicht, irgendwas darauf zu antworten, mache den Mund auf, und das Herz zerspringt mir fast, und ich bringe kein Wort raus.

Also, ich weiß nur, daß sie mir unheimlich fehlt ... ihre Ehrlichkeit ... ihre Phantasie ... und ich bin mir sicher, daß ich ein ganz besonderes Spiel ruiniert und mit der Grazie eines Elefanten Kristallgläser zertrampelt habe ... Aber Fakt ist, ich schwör's, daß ich nicht weiß, was ich falsch gemacht habe. Ich habe sie verletzt und keine Ahnung, wodurch. Oder vielleicht habe ich zu eng geklammert, und jetzt muß sie sich vor mir schützen ...

Ich höre Love Song von Tesla und denke an Aidi, als die Stelle »Love will find the way« kommt. Ich spüre eine Art Loch mitten in der Brust, mir geht durch den Kopf, daß meine Gefühle – die Gefühle von *allen* – nutzlos sind, daß sie verlorengehen, Tränen im Regen. Aidi wird nie verstehen, was ich für sie empfinde, weil sie sich in ihrer Festung verschanzt hat. »Ich habe Angst, unsere Beziehung würde zu ausschließlich. Ich habe dich wahnsinnig gern, aber ich habe Angst, mich darauf einzulassen.« Das könnte sie mir sagen. Denn sie hat eine andere Vergangenheit und ein anderes Alphabet und freut sich über andere Verse. Wir sind grundsätzlich verschieden, und es ist schön, Leute zu treffen, die anders sind, aber vielleicht unmöglich, sie vollkommen zu verstehen. Wie in diesem irren Song der Cure, wo sie bildschön ist, und der Arme sieht sie bewundernd an, und sie fühlt sich beleidigt, und Robert Smith sagt: »Deshalb hasse ich dich.«

Jedenfalls hat er am mittleren Nachmittag versucht, Martino zu erreichen. Und Martino mußte nur die Stimme von Alex hören, wie er »ciao« sagte, um zu kapieren, daß er voll von der Rolle war. Sie hatten ein paar Worte gewechselt und sich nach der Wir-trinken-einen-und-du-kannst-bei-mir-schlafen-Formel für den nächsten Samstag verabredet.

Martino war zwei Jahre älter als Alex. Er war in der letzten Klasse hängengeblieben, zeigte deshalb aber keine Reue und war so was wie ein Drogen-Idol. Die beiden hatten noch nicht so sehr lange miteinander zu tun, und zwischen ihnen galt das stillschweigende Übereinkommen, daß Martino Alex keine von seinen House-Freunden vorstellte und Alex dafür niemals versuchen würde, ihn in die Fender-Welt der Punk-Gemeinde einzuführen.

Dann war die neue Woche langsam weggetröpfelt, traurig und trostlos. Der alte Alex versuchte, nicht allzuviel an Aidi zu denken. Und sie ließ nichts von sich hören. So machte unser Alex Anstalten, die Sache auf den Level dieser Geschichten zu drücken, die schon zu Ende sind, bevor sie angefangen haben, weil sie vielleicht noch mal darüber nachdenkt und sagt: »Ey, sieh mal, ich glaube, mich zu binden, das wäre mir irgendwie zuviel. Ey, laß uns Freunde bleiben.«

Ja. Laß uns Freunde bleiben . . .

Ab und zu begegneten sie sich kurz in der Schule, während der Pause. Adelaide hatte immer irgendeine von diesen schicken Tussis in einem teuren Fleece-Teil und Missoni Jeans dabei, die – guterGottaberauch – fünf oder sechs Zentimeter transparente Strümpfe sehen lassen. Sie grüßte ihn hastig, und dann kam dieser Augenblick, wo man im Film noch nicht weiß, ob die beiden Protagonisten wohl stehenbleiben, um zu reden, jener Augenblick, in dem es so aussieht, als sei er kurz davor, sie zu fragen: »Also, wie bringen wir's hinter uns?«, doch Aidi ging immer weg, ließ sich vom Strom der Gehirnamputierten auf dem Gang in die andere Richtung mitziehen. Und er wußte, daß er weitere vierundzwanzig Stunden warten müßte, bis er sie vielleicht wiedersah, und dann würde es genauso kurz sein und ähnlich ablaufen. Doch Alex hart, Alex bockig, niemals würde er sich als erster rühren, also machte er so ein entgleistes Gesicht Typ J. Frusciante im Booklet von Blood Sugar Sex Magic und tat sich auch anderswo um. Fing an, mit einem von den Jungs über Fußball, Gitarren, Mädchen zu reden.

Aber.

Aber es wollte ihm einfach nicht in den Kopf: Wie konnte sie nur zu gewissen *Mitteln* greifen, wie konnte sie sich all den anderen Mädchen anpassen, ihrem Verhalten, ihren Scheißtricks, wie konnte sie nur diese adoleszenten Globalschrottmodelle als Freundinnen haben?

Weil sie war schlicht anders, das sprang einem doch ins

Auge, und so ein bescheuertes Getue à la Tussi auf der Flucht vor einem aufdringlichen Typ und so paßte absolut nicht zu ihr.

(Versunken in die jugendliche Bitterkeit jener Tage, hatte er die Compilation von Vasco Rossi wiedergefunden, die unter dem Bett verlorengegangen war: Domenica lunatica, Siamo solo noi, Fegato spappolato und Ti voglio bene, non l'hai mica capito.)

Aus dem magnetischen Archiv des Herrn Alex D. Sie sieht mich eine Sekunde zu lang an, als sie mit ihren Freundinnen an mir vorbeizieht und dann aus dem Bild rutscht. Man erkennt kilometerweit, daß sie merkt, daß ich traurig bin. Aber bloß nichts sagen. Historischer Tiefstand.

Martino schien einem von der Europäischen Union herausgegebenen Jugendbericht entsprungen. Er sah aus wie der Teenager, den sich jeder Regisseur von Dokumentarfilmen über die Jugend nachts erträumen mochte: von seiner Erscheinung her mehr als gepflegt, legte er viel Wert auf Kleidung – Polo Fred Perry, Markenpullover, Doc Martens –, redete wie ein Nightwarrior und besaß eine spezialblaue, künstlich auf Lumpenstil getrimmte Vespa. In Wirklichkeit war er mit Geld gestopft. Seine Eltern waren schon lange geschieden. Die Mutter war jetzt mit einem Liberalen Arschgesicht zusammen.

Das Liberale Arschgesicht überhäufte ihn, vielleicht, um seine eigenen Schuldgefühle zu mildern, mit wertvollem Jazz-Vinyl, das Martino im Namen des Bebop an Alex weiterverschenkte.

(Jazz und Punk sind gar nicht so verschieden, heißt es. Wenn man bedenkt: das gleiche Außenseitergefühl ist drin, die gleiche Wut. Und Heroin steckt auch hinter beiden.)

Von Martinos richtigem Vater hörte man nie etwas, und Martino machte es keinen Spaß, von seiner Familie zu erzählen. Egal, er und der alte Alex waren an einem Januarabend in einer Osteria in der Via del Pratello Freunde geworden.

Martino tauchte als der neue Freund von Valentina auf, eines der wenigen Mädchen, die Alex kannte, die nicht zum Orden der Immerwährenden Jungfrauen gehörten. Hinter einem riesigen Tisch Marke Oktoberfest hatten sie angefangen über Musik zu reden. Ska gefiel beiden, Madness, die Specials, Sham 69. Und beide wollten sie im Sommer nach England: Alex wurde in ein ausgesuchtes Pappengland für Mailänder Touristen verschickt, um die phrasal verbs zu lernen; Martino fuhr zu mysteriösen Freunden, um zu trinken und zu kotzen, Stühle kaputtzuschlagen und zu trinken und so weiter.

An jenem Abend, nach ein paar Guinness und unzähligen De-Niro-Lächeln für eine schicke Freundin von Valentina, die ihm nicht einmal gefiel und um die er dann zwei Monate herumlaufen würde und erzählen, daß er was von ihr wolle, aber nicht den Mut habe, ihr das zu sagen, hatte der alte Alex sich empfohlen und hatte die Mädels Nardinis Interrail-Abenteuern ausgeliefert, die ganz Bologna in- und auswendig kannte.

Alex fand es gut, aufzustehen, wegzugehen, die Gruppe zu verlassen, weil es weiß ja jeder, daß die Mädchen, sobald einer verschwindet, gleich anfangen über ihn zu reden. Und das gefiel dem alten Alex. Vielleicht sagten sie was ganz anderes als das, was sie dir zuflüsterten, kritisierten dich, zerfetzten dich mit Sticheleien, doch du rücktest immerhin in den Mittelpunkt ihrer Aufmerksamkeit, stimmt's? Klar, ja. Einigermaßen. Aber damals fühlte sich der alte Alex ihrer Aufmerksamkeit gar nicht so würdig; vermutlich würden sich die Mädchen mit Martino beschäftigen, der zum ersten Mal mit der Gruppe ausging, als neuer Freund von Valentina aufgetaucht war und als solcher öffentlich begutachtet wurde.

Alex bewunderte Martino, weil er so gelassen redete

und sich so gelassen verhielt. Ansonsten las Martino nicht, schrieb nicht, hatte sich mit einem alten Flirt zusammengetan, machte keine Musik, trieb keinen Sport und war der klassische In-Typ, der jeden kannte: er hätte ihn hassen müssen, einen solchen Typ. Aber der alte Alex wollte sofort sein Freund sein.

(Er verabscheute es, sich im Spiegel anzusehen, besonders am Samstagabend: er hatte einfach immer glänzende Augen, die Wangen ein bißchen gerötet, die Haare zerzaust. Deshalb schnitt er sie immer kurz, wie Flea, der Bassist der Red Hot Chili Peppers, auch wenn ihm das nicht stand. Um sie so zu schneiden, hatte er sich einen Spezialrasierer gekauft, in England. Der Kanzler und die Madre versuchten zwar, ihn mit allen Mitteln davon abzuhalten, ihn zu gebrauchen, aber das war einfach stark: vor dem Badezimmerspiegel, gleich gibt's Abendessen, Neonlicht, und vzzz-zzz-zzz, ratzekurze Haare, Anarchohaare. Ein bißchen wie in einer Garderobe vor einem Konzert.)

Martino hatte sich an den Spiegel über dem Waschbecken rangeschoben, den Handrücken an den Hals gelegt und das Kinn vorgestreckt, als wollte er seinen Bartwuchs kontrollieren: das war die einzige blöde Geste gewesen, die Alex ihm hätte vorwerfen können, denn ansonsten war der alte Martino tadellos.

Martino hatte sich bis nach hinten durchgearbeitet, hart an den Pinkelbecken lang. Er hatte sich unter einem halboffenen Fenster mit einer matten Scheibe aufgebaut, das auf einen lichtlosen Hof hinausging und eiskalte Luft hereinließ. Dann raus mit den Rizla, dem Samson und dem Zeug zu rauchen: jetzt war Drehen angesagt.

»Du hast nicht zufällig einen Busfahrschein?« hatte Martino den alten Alex gefragt.

»Ich fahre Rad«, hatte unser Alex geantwortet. »Kein Fahrschein. Sorry.«

Martino hatte die Schultern gezuckt. »Okay«, hatte er gemeint. »Dann machen wir's halt ohne Filter, auch gut.«

Der alte Alex hatte nichts geantwortet, und vielleicht fühlte er sich ein bißchen nervös, Fakt ist, daß er einen schwarzen Filzschreiber, den er in einem Schreibwarengeschäft an der Schule hatte mitgehen lassen, rausholte und sich, wie sagt man so schön, auf eine besonders engagierte Arbeit *stürzte* – den wunderbaren Schriftzug Clash City Rockers in Fraktur, auf einem Klodeckel. Eine Inschrift, das sei in aller Ruhe gesagt, die immer noch weniger schwachsinnig war als Forza Magica Virtus oder Baggio du bist schön oder die Telefonnummer eines Mädchens, die es einem gratis besorgt.

Als würde es die *ernsthaft* geben, die es einem gratis besorgen. Gratis, no way. Sie wollen entweder Geld oder Sozialprestige. Einverstanden: nicht *alle.* Manche wollen *beides*.

Mal davon abgesehen: Martino arbeitete so konzentriert, als wäre er dabei, eine Bombe zu entschärfen. Er war gerade mit Rollen fertig, und die Tüte war atemberaubend vollkommen. Sie war einfach perfekt, verdammt. Nicht zu konisch, nicht zu dünn, nur wenig länger als eine normale Fluppe, sah sie, egal wie man sie auch betrachten mochte, wie eine Art marokkanische Märchenzigarre aus.

Mit frommer Hingabe malte Alex noch immer an seiner Inschrift. ›Scheiße‹, dachte er. ›Ganz schöne Scheißblamage.‹ Und als Martino das Feuerzeug aus der Tasche zog, hätte er gerne – in einem möglichst wenig blöden Tonfall – gesagt, daß er sich . . . also . . . daß er sich ein bißchen komisch fühlte und, ja, soweit ihn das anging, rauchen ... oder nicht rauchen ... also, er rauchte lieber nicht. Das war's. Brrr! Aber wie dem auch sei, *Achtung*, er scherte sich nicht so *sehr* darum, kindlich zu erscheinen. Versuchen wir mal, es aus seiner Perspektive zu betrachten: Alex war ein straight edge, und für ihn war es nicht okay, mit einem Fremden zu rauchen, so, wie es ihm nicht korrekt vorkam, brrr! nur-um-es-zu-machen, Sex mit einem Mädchen zu haben. (Später wächst man zum Glück, und bestimmte Ideale gehen, von lieblicher Musik begleitet, das Klo runter.)

»Mir ist nicht danach, Chef.« Das war ziemlich gut rausgekommen. Er wirkte nicht irgendwie daneben, meine ich. An dem Punkt hätte Martino sagen können: »Bist du beknackt oder was? Das ist hier kein Dreck oder so!« Aber nein, nichts in der Art. Er hatte einen besonders herzhaften Zug genommen und »Null problemo, Freund«, gemurmelt, während der Duft vom Gras sich ringsum ausbreitete. Als einer, der eingeweiht ist, möchte ich von mir aus nur dies hinzufügen: Martino hielt Alex nicht für einen Arsch. Sowenig wie Alex ihn für einen der vielen bedauernswerten Angeber hielt, die durch die Gegend ziehen und wer weiß wie groß tun.

Es war sogar so – falls das interessiert –, daß Martino höchstpersönlich Alex ein paar Wochen später gestand, daß er *genau* bei dieser Gelegenheit angefangen hatte, Alex zu respektieren, weil der sich nicht verpflichtet fühlte, mit ihm zusammen zu rauchen, wenn er keine Lust dazu hatte. Weil so war Martino drauf: Er konnte mit Fäusten auf einen losgehen, nur weil der ihn leicht schräg angesehen hatte – im Grunde war er ein bißchen der Typ, der bei jeder Keilerei mitmischt: zwischen zwei Gruppen am Samstagabend, zwischen Schülern und Einheimischen bei einem Schulausflug, zwischen Italienern und Albanern und einer Spielhalle, zwischen Bolognesen und Romagnolen in der Disco und immer so weiter –, doch für einen Freund hätte er *alles* getan, ruhig und *friedlich*.

Der alte Martino war einer, der mit jeder Situation zurechtkam, auch wenn jeder andere die Hosen voll gehabt hätte. Er ging mit einem Schnappmesser in der Bomberjacke auf die Piste. Und er mußte sich vor keinem rechtfertigen, wenn er mit einer Schramme oder einer kaputten Hand nach Hause kam. Niemand hätte ihn *verhört*, meine ich.

Wie dem auch sei, auch unser alter Alex mochte Fighten und Trinken und wenn's zur Sache ging und so weiter. Er konnte es sich nur nicht leisten, mit einer Flasche oder einem Stuhl eins übergezogen zu kriegen. Jedenfalls war er in sehr viel ruhigeren Gewässern unterwegs. Und man kann also nicht einmal sagen, daß

An dem Samstag nachmittag vor dem Wir-trinken-einen-und-du-kannst-bei-mir-schlafen-Abend war er zum ersten Mal, schwitzend und mit einem mulmigen Gefühl, bei Martino zu Hause gewesen. Zum Glück segelte nicht gerade irgendein Arschloch oder livrierter Typ durch die teuerst ausgestatteten Gänge der Villa. Die Einrichtung sah beängstigend ähnlich aus wie die im Haus der Frau, die der hyperaktive Protagonist von Clockwork Orange mit dem Keramikschwanz zu Tode bringt: alte Gemälde, Jagdflinten, Wandteppiche und die Komplette Kollektion der Blauen Teller aus Dänemark . . .

Martinos Zimmer war genauso, wie Alex es sich vorgestellt hatte: klassische Höhle von einem, der sich um seinen eigenen Scheiß kümmert, wie die übrigen Bewohner auch. Alles Leute, die sich drauf beschränken, um ihn herum zu sein, ohne ihn zu *ersticken*, meine ich.

Ziemliche Höhlenatmosphäre also, aber das Zimmer war alles andere als klein. Es war nur *voll.* Knallvoll mit Dingen wie in dieser Timberland-Werbung: überall Poster, überall Klamotten, überall peruanische Decken, überall Fotos.

Der alte Alex hätte *stundenlang* dableiben können, nur um die Namen der Typen auf der Pinnwand aus Kork über dem Bett zu erfahren oder die Titel auf den Rücken der Platten und Videocassetten zu lesen. Für die Titel der Bücher hätte der Bruchteil einer Sekunde gereicht: als

Stütze der Sammlungen von Max und Ciak, wehrlos in ihrer eisigen Einsamkeit, gab es ein Brüder Karamazov, ein Neunundvierzig Erzählungen, ein paar Sachen von Arcana über Pink Floyd und ein fabrikneues englisches Wörterbuch.

Die Videocassettensammlung war atemberaubend: der ganze Allen, der ganze Scorsese, der ganze Coppola, der ganze Kubrick, der ganze späte Verhoeven, der ganze Malle; Kurosawa, der legendäre Aki Kaurismäki, Oliver Stone, Giganten, Denn sie wissen nicht was sie tun, Jenseits von Eden, fünf oder sechs Brando-Filme und sogar Sachen mit Schauspielern, deren Namen unsere Generation nur selten gehört hat: Jean Gabin, Louis de Funès, Peter Sellers. Ein derartiges Wahnsinnsangebot, daß der alte Alex, wenn es gut ging, in seinem Leben knapp die Hälfte davon gesehen hatte. Und dann Fellini, Risi senior, Ferreri. Nan-ni Mo-ret-ti! Fran-ce-scAr-chi-bu-gi!

Okay. Abgesehen davon hatte Martino ihn in einem Hausmantel empfangen, einem eleganten karierten Teil, das er über einen Schlafanzug aus irgendeinem besonderen Stoff geworfen hatte, von dem der alte Alex nicht genau wußte, was das war, weil er an den hundsnormalen Denim von Jeans und die pakistanische Baumwolle der punkmäßigen T-Shirts der Rock-and-Roll-Stars-Linie gewöhnt war: play it loud, wear it proud.

Aus dem magnetischen Archiv des Herrn Alex D. Offen gesagt, Martino beeindruckt mich ziemlich . . . Er muß wirklich im reinen mit sich selbst sein. Er muß so eine Art inneres Gleichgewicht erreicht haben, wenn er, schon gekämmt und rasiert, im Nachthemd rumlaufen kann, eingehüllt in all diese schönen Düfte von Rasierwasser und Mentholzahncreme. So einer muß einfach glücklich sein. Da bin ich mir sicher.

Große Persönlichkeit, Martino. Hat ein paar Seiten des Lebens verlorengegeben und sich anderen zugewendet, die ihm gefallen. Auch wenn die Tatsache, daß er Schule und Sport aufgegeben hat, um sich vollzeitmäßig Mädchen, Filmen und Reisen ins Ausland zu widmen, mir ein etwas komisches Gefühl macht.

Aber ich muß mehr darüber erfahren. Besser verstehen.

Martinos Verhalten ist immer interessant. Nur daß ich langsam einen Haufen Komplexe kriege. Verglichen mit ihm fühle ich mich wie so ein Schnarcher ohne irgendwelche Aussichten. Ich meine, er löst manchmal dieses Gefühl bei mir aus. Das heißt, er tut alles, was er kann, damit ich mich gut fühle, aber Kacke, ich werde nie wie er sein. Er geht wegen seinen Mitessern zur Kosmetik, guter Gott . . .

In Ordnung. Ich schwöre, ich kaufe mir auch einen schönen Schlafanzug und so Samtpantoffeln.

(Damals brach ins Bewußtsein des alten Alex mit Macht die Einsicht ein, daß auch das Selbstwertgefühl gestärkt wurde, wenn man sich, obwohl man allein war und niemand es sah, so elegant zurechtmachte. Er dagegen, im Bett Boxershorts, im Haus in Trainingshosen und T-Shirt oder einem Fleeceteil, wenn es kalt war, mit seinen ausgefransten Pantoffeln – was zum Teufel war er sich selbst wert? Auf diesem Level der Introspektion, meine ich.)

Die Fotowand zog sich über die ganze Länge des Betts und war wohl mehr als einen Meter hoch. Es gab nicht viel Platz für Gitarrenheroes und Sportcracks in dieser

Reihe. Auf einem großen Teil der Fotos stand vielmehr Martino im Mittelpunkt: Martino als Baby, auf dem Arm der Mutter, vermutlich; Martino mit Lätzchen, wie er ein Eis ißt, mit dem er sich schon das Gesicht vollgeschmiert hat; Martino lächelnd, auf dem Arm des Vaters, vermutlich. Es folgte eine Serie zum Thema Karneval, mit Martino in den Kostümen der bei den unter Zehnjährigen jener Zeit beliebtesten Helden: Martino-Zorro, Martino-Sandokan, Martino-Goldrake usw. bis zu einer Art Martino-Samurai, ausgerüstet mit einem beachtlichen Plastikschwert und einem Kampfhelm mit Federbusch. Dann, in der zweitletzten Serie: Martino, in den Armen der Freunde seiner Mutter. 68er Veteranen, aus denen freakige Verleger, liberale Rechtsanwälte, Lehrer mit Zeitverträgen geworden waren. Alles Leute, die nicht zögerten, sich – offensichtlich ohne einen Anflug von Schamgefühl – mit ungeheuerlichen Koteletten, Flower-Power-Hemden, Schnurrbärten und in den gewagtesten Schlaghosen zu zeigen. Weiter: Martino in den Armen der Ex-Kommilitonen des Vaters, typische Sportmonster, kurze Haare, Zähne in Ordnung, gutes Geld etc. Als er sich diese Fotos ansah, wunderte sich der alte Alex nicht, daß Martinos Eltern sich schließlich getrennt hatten. Mehr noch, er konnte sich gewisse giftige Bemerkungen ihrer trotzkistischen Freunde über seine Sportfreunde und umgekehrt vorstellen. Jetzt standen jedenfalls die Kapital-Bände von Marx und die Bolivianischen Tagebücher des Comandante Che schön aufgereiht in der Bibliothek dieser Villa auf den Hügeln, in der Martinos Mutter mit ihrem Sohn lebte, unterhalten vom Ex-Ehemann und gut aufgehoben in ihrer Rolle als Dame in Clarks, deren proletarische Vergangenheit nur noch dafür zu gebrauchen ist, den neuen FreimaurerUnternehmerRotarier-

Freunden ab und an einen aufregenden Schauer den Rücken hinunterzujagen.

Auf den allerletzten Fotos der Reihe war Martino mit ein paar Mädchen zu sehen, die der alte Alex von den Gängen des Gymnasiums flüchtig kannte. Sie schienen glücklich.

Wer wohl die Fotos gemacht hat? fragte sich der alte Alex.

(Wenn man sich mit einem Mädchen wirklich versteht, muß es schwierig sein, einen zu finden, der ein Foto macht, ohne alles damit zu ruinieren, daß er meint, man lächelt nicht genug oder so. Mit einem, der glücklich ist, muß man sehr vorsichtig sein.)

Was den alten Alex so über sich ins Grübeln brachte, war die Vorstellung, daß Martino, ohne sich besonders für irgendwas einzusetzen, ohne allzu viele Gedanken und Verrenkungen, einfach so und ganz schlicht vermutlich das Glück gefunden hatte: in dieser Timberland-Werbe-Höhle hatte der Zweifel an Alex zu nagen begonnen, daß der innere Frieden, das Nirwana, etwas mit Bedingungen zu tun hatte, die man erfüllen mußte – im Sinne von *dahinterherlaufen* –, wie der Kanzler, die Madre und die halbpreußische Propaganda des Caimani-Gymnasiums sie einem stellten.

Aus dem magnetischen Archiv des Herrn Alex D. Zum Schluß ist es so, daß das innere Gleichgewicht nicht gesucht werden muß. Vielleicht haben wir es schon, und je mehr wir uns bewegen oder irgendwas unternehmen, desto weiter entfernen wir uns davon. Fakt ist, daß ich mir wie ein armes Arschloch vorkomme, wenn ich vom inneren Gleichgewicht rede. Mir scheint, es ist so einer von den Begriffen, die sie bei Sitzungen kollektiver Befreiungspsychoanalyse oder in Häusern für vergewaltigte Frauen gebrauchen.

Okay. Alles sagt mir, stark zu sein, klar in meinen Zielen und mich fähig zu zeigen, im Leben voranzukommen. Doch wenn einer das Gefühl hat, daß jetzt der Moment ist, ein bißchen den Kurs zu ändern, oder auch nur das Bedürfnis hat, haltzumachen und *ernsthaft* über sich selbst nachzudenken? Ich meine: Die beknackten guten Noten in Latein beispielsweise, sind die vielleicht von einem Mittel zu einer Art Endzweck geworden? . . . So gesehen sollte ich also lernen, um einen Studienabschluß zu grapschen, der es mir ermöglicht, eine gute Stelle zu grapschen, die es mir ermöglicht, genug Geld zu grapschen, um irgendein komisches Glück zu grapschen, das durch die Wahnsinnsanstrengungen, es zu erreichen, schon ziemlich angeschlagen und mitgenommen und massakriert ist. Einer der Endzwecke ist dieses komische gequälte Glück. So läuft die Argumentation. Dafür braucht man kein Genie zu sein. Aber warum sollte ich denn dann die Momente des Glücks, die mir auf dem Weg *spontan* entgegenkommen, opfern? Warum sollte ich sie wegwerfen, wenn auch sie Teil des Ziels sind, nach dem man streben soll? Wenn ich an einem Nachmittag Musik machen oder mit einem Mädchen ausgehen kann, das mir gefällt, warum zum Teufel soll ich zu Hause bleiben, um irgendwelche Textversionen abzuschreiben oder so zu tun, als würde ich einen philosophischen Aufsatz lesen? In Wirklichkeit ist es so, daß ich mich gezwungen fühle, mein glückliches siebzehnjähriges Ich von heute nachmittag einem eventuell glatzköpfigen, übergewichtigen, zufriedenen fünfzigjährigen Ich zu opfern, das das Tor der Garage mit Fernbedienung öffnet, und drinnen hat er ein schönes Auto, eine Frau, die ihn vermutlich mit seinem Geschäftsfreund betrügt, und Zwillinge mit Pilzköpfen, die ganz genauso aussehen wie dieses Nazikind auf der Kinderschokolade. Na ja, vielleicht nicht alles in der Garage. Sagen wir: mehr oder weniger *um ihn herum*. Er ist davon *umgeben*. Die Frage lautet also: Ist ein Schrecken dieses Ausmaßes mehr wert als Sonne und Eis von heute nachmittag? Mehr als irgendein Mädchen? Mehr als Valentina, die in ihrem blauen T-Shirt mit all diesen Gottesgaben darin lächelnd zehn Minuten zu spät zur Verabredung kommt?

Ich meine, durch Martinos Fotos habe ich *wirklich* gemerkt, was für ein blödes Spiel das ist: Es würde reichen, sich einfach ruhig zu verhalten und die Gelegenheit zu ergreifen, verdammt . . .

Okay, Martino führt praktisch das Leben eines jungen Herrn, der sich auf sein Landgut zurückgezogen hat, mit Friseurterminen im Kalender, sehr wenigen Pflichten und vielen Privilegien. Wir müßten uns also eigentlich hassen, weil ich aus einer Familie des mittleren Bürgertums komme, wie es ärger nicht geht – eine Art kleine Kriegsmaschine, die mich darauf vorbereitet hat, bestimmte Ziele zu erreichen, damit ich als Erwachsener nichts bereue. Okay. Meine Familie kann zufrieden sein. Ich bin so aktiv, so entschlossen und so sehr Kriegsmaschine, daß ich es schon *jetzt* bereue.

Ich weiß nicht, aber bei Martino zu Hause, als ich diese Fotos ansah, hatte ich das furchtbare Gefühl, Tag für Tag und einen nach dem anderen diese glücklichen Jungen getötet zu haben . . . Denn auch ich hätte vielleicht *so* glücklich sein können. Klar, nicht unendlich reich wie Martino. Doch das ist nicht *wesentlich*, um glücklich zu sein. Ich meine, man kann auch ohne viel Geld gut leben.

Aber vielleicht steht es noch *schlimmer*. Weil ich es gewesen bin, der sich nicht genommen hat, was er wollte. Als hätte ich tagtäglich abgetrieben, als hätte ich diesem Jungen nie erlaubt, geboren zu werden, aus Angst, daß er mir zwischen die Füße kommt, aus Angst, daß er mein Leben durcheinanderbringt. Und so habe ich mir immer nur kleine Anflüge von Plastik-Glück zugestanden: in den Park gehen, den ganzen Nachmittag verschlafen, Videomusic ansehen statt zu lernen, blaumachen, viel essen, mir mit ganz besonderer Hingabe einen runterholen . . .

Man sah kilometerweit, daß Martino alles tat, Alex nicht merken zu lassen, daß seine Samstagabende sonst um einiges geiler waren – im Auto nach Riccione, so fing's schon mal an, zusammen mit Dutzenden von scharfen sechzehnjährigen Tussis – und nicht schon zehn nach acht im Kino Arcobaleno, rechts Depression Tony und links Helios Nardini und auf der Leinwand Diego Abatantuono und Claudio Bigagli als Soldaten in Griechenland.

Damit Alex den Unterschied nicht allzusehr merkte, hatte Martino an jenem Samstag, der nach der Formel Wir-trinken-einen-und-du-kannst-bei-mir-schlafen ablaufen sollte, akzeptiert, den alten Alex in eine der Stamm-Osterien in der Via del Pratello zu begleiten, um sich mit ein paar Bier zu lockern, und wenn's ans Zahlen ging, würde der tadellose Martino einen großen Schein aus der Brieftasche ziehen.

Sie hatten sich schließlich die pittoreskesten Episoden aus ihrem Leben erzählt, klar, und Martino war in Kneipenunterhaltung einfach unschlagbar. Sie redeten und lachten und redeten, der Alkoholpegel stieg ruhig und unerbittlich an, und dann waren sie raus, um in der bolognesischen Nacht irgendwelchen anderen Scheiß zu machen: um die Wette von San Domenico bis zur Galleria Cavour zu rennen, irgendwo zu klingeln und dann: Hilfe-Hilfe-ich-flehe-Sie-an-machen-Sie-auf-meinem-Freund-geht-es-schlecht-wir-haben-einen-Unfall-gehabt!, an die Wände und Mülltonnen zu pinkeln und anderes in der Art, was einem hundert Prozent gelegen kommt, wenn man überdreht ist und sich zu sagen versucht, daß mit Aidi Schluß ist.

Als sie auf der Piazza Minghetti Pause gemacht hatten, war der alte Alex wirklich lull und lall. Fleecekapuze auf, mit verschränkten Armen dasitzen und gute Nacht, denn heute abend gab es keine festen Zeiten und keine Verhöre von der Art: Du sagst mir jetzt, was du getrunken hast, wieviel du ausgegeben hast, du riechst nach Rauch, mein Sohn . . .

Er hatte keine Ahnung, wie spät es war, und Martino weckte ihn mit ein paar Klapsen: der alte Alex hatte Triefaugen, und der tadellose Martino wollte ihn in die Strada Maggiore mitschleppen, um zu sehen, ob da noch so ein Ding aufhatte, wo sie praktisch zu jeder Tages- und Nachtzeit absolut starkes Bier servierten.

Aber vorher hatten sie einen Bodenkampf ausgetragen.

Und am Ende des Kampfes war Martino ihm auf den Bauch gestiegen und hatte ihn an den Handgelenken fest gepackt, völlig unempfindlich gegen die Tritte, die Alex ihm mit den Knien in den Rücken versetzte. Als sie wieder auf den Füßen standen, hatten sie eine Zeitlang gebraucht, zuerst herumgeschnüffelt und sich dann gegenseitig unglaublich verdächtigt, bis sie kapierten, daß sie sich auf einem Teppich aus Hundekacke gewälzt hatten.

(Als sie sich auf den Heimweg machten, war es schon hell.)

Martino fuhr die Vespa, und Alex hockte hinter ihm, seine Kehle ganz trocken. Während er sich seine Blues Brothers Brille auf der Nase zurechtrückte und der eiskalte Wind ihm ins Gesicht schlug, fügten sich Fetzen eines unwiederholbaren, zerstückelten und konzentrischen Instant-Karma zusammen: der grobe Stoff seiner grauen deutschen Militärjacke, die Sorgen, weil er keine Physik gelernt hatte und Montag Test war, na ja, bei multiple choice könnte man auf jeden Fall abschreiben, Martinos ausrasierter Nacken zwei Zentimeter von seiner Boxernase entfernt, die Plastikuhr mit der zerkratzten Scheibe: die blauen Zeiger zeigten eine Zeit an, die Alex nur mit Mühe als zwischen halb sechs und Viertel vor sechs morgens bestimmen konnte. Was diese Watch anzeigte, kapierte man nie.

Er hätte ein anderer sein können, an einem anderen Ort, aber er war genau hier, hockte hinter Martino, der die Vespa mit Vollgas die Straßen am Hang hochjagte, an einem blassen und kalten Morgen, mit Cyberpunk-Kopfweh, weil zuviel geredet und Angst gehabt und Scheiß gemacht und Bier getrunken in ihrer seltsamen Nacht als junge Wilde.

(Sie beide fuhren auf der Vespa vorbei, und Aidi wohnte genau da, hinter der TV-Relaisstation. Weiter unten, am Fuße des Hügels, lag der See der in Nebel eingehüllten Häuser.)

Einen Moment lang hatte der alte Alex daran gedacht, Martino zu bitten, ihn zu ihr zu fahren, sie aufzuwecken, sich an den Rand ihres Betts zu setzen und mit ihr zu reden. Dann hatte er sich überlegt, daß Martino das tatsächlich tun würde, ihn hinbringen würde, und da hatte er lieber nichts gesagt und sich die Augen trockengewischt, die wegen dem starken Wind hinter seiner Brille tränten.

Es war ungefähr sechs, und der alte Alex spürte das Brennen in seinem Hals und seine aufgesprungenen Lippen, als Martino vor dem Tor zum Haus so scharf bremste, daß die Reifen quietschten, und um Punkt zwölf am selben Sonntag war der alte Alex schon wieder auf der Piste – junge Leiche am Tag des Herrn –, um aus einer besonders gedeckten Stellung hinten in der Chiesa di San Giuseppe an der Messe teilzunehmen.

Weiter vorne irgendwo mußte sein Bruder mit den Boy-Scouts sein.

Auch der alte Alex war ganz schön lange bei den Scouts gewesen: Wölfling, Jungpfadfinder, Pfadfinder und schließlich Rover. Er verabscheute die Phrasendrescherei über die glückliche Familie und die doofen gutkatholischen Witzchen, aber es war trotzdem die beste Gruppe gewesen, zu der er je gehört hatte. Schließlich war er dann ausgestiegen, das ist klar, aber er traf sich immer noch mit den anderen, und sie waren immer noch die guten alten alkoholisierten blödelnden Freunde . . .

»Heute ist Christus ein Verwundeter. Heute ist Christus ein Ausgestoßener. Heute ist Christus ein Gesetzloser. Heute, meine Brüder und Schwestern, bettelt Jesus Christus auf den Straßen um ein Almosen . . .« Der Missionspater produzierte sich in einer seiner stärksten rhetorischen Pausen. Er hatte noch mehr Aufmerksamkeit auf sich gezogen, und einen Augenblick später, nachdem er den Blick gesenkt hatte, wie um im voraus um Vergebung für eine unangebrachte Bemerkung bittend, deren er sich nicht enthalten konnte, die Hände auf das Pult gestützt, das er gleich darauf umklammerte, als wollte er es herausreißen, hatte er die Augen wieder gehoben. Der alte Alex schreckte unwillkürlich zusammen, der Blick des Paters hatte etwas Flammendes, die Adern auf seiner Stirn und seinem Hals schwollen an, als würde er eine Mutation durchmachen. Dieser Pater erinnerte, seltsam, doch nicht zu leugnen, an Lou Ferrigno als Incredible Hulk, und der Unglaubliche verkündete tatsächlich seinen Schäfchen, daß Christus heute auch verurteilt worden sei und im Gefängnis leide.

Nichts ist wahrscheinlicher, hatte unser Alex gedacht, auch wenn er nicht ganz aufgehört hatte, auf eine Art wunderbare Amnestie zu hoffen, die es dem alten Jesus erlauben würde, hier möglichst bald persönlich zu erscheinen – genau hier in dieser Kirche, in San Giuseppe Sposo di Maria Vergine –, um den fünfzigjährigen blöden Kühen im Chor, die ekstatisch heulten und dabei mit den Juwelen klimperten und ihre Schminke verschmierten, ein paar Arschtritte zu versetzen . . . Sicher hatte die Predigt dieses Pater Ferrigno sie in den Grundfesten erschüttert, diese doofen Torten, sie gezwungen, endlich die Augen zu öffnen, ihnen geholfen, die namenlose Heuchelei zu verstehen, zu der wir fähig sind, wir alle . . .

(Und wir sind wirklich dem Namen nach Christen, der Glaube ist eine andere Sache.)

. . . Er hat wirklich recht, dieser Missionspater, wenn er sagt, daß der Glaube Seite an Seite mit den Armen, den Verlassenen, den Ausgestoßenen, all diesen Leuten, die Gott sei Dank nicht in der Via Saragozza wohnen, gelebt werden muß. Aber Barmherzigkeit braucht es, genau. Im Grunde kann man die christliche Botschaft auch in reicheren Gesellschaften verwirklichen und verbreiten. Ja, vielleicht ist es sogar einfacher, hier bei uns. Ich könnte vor den Scheißrotariern sprechen, Freitag abend, und wir könnten eine Sammlung für Jugoslawien oder für Af-frika organisieren. Denn sie leiden auch in Af-frika, diese armen Kinder . . . Ja, ja, eine kleine milde Gabe, das muß sein. Und dann wird der 164 für Piarigiangi gekauft, denn er ist ja jetzt vierundzwanzig und kann schließlich nicht sein Leben lang in einem Golf herumfahren, oder? Und den Golf, den bekommt Maria Stuarda Betty, weil sie jetzt auch schon achtzehn ist! . . .

Alex *versuchte* an Gott zu glauben, doch das Hauptproblem waren die heuchlerischen Arschgesichter, die er in der Kirche sah. Eingeschlossen die Katechismusjugend, die die Messe mit Gitarrenmusik und Chor der Jungfrauen in Bluse und knöchellangem Rock belebte: Es schien ihm ein kommerzieller Schachzug, versteht ihr?; notwendig geworden, weil die Kirche starke Einbrüche erlebt hatte und immer weniger junge Leute zur Messe gehen wollten. Ein nicht mal besonders verschleiertes Scheißmanöver, um die Konsumentenschicht zu verbreitern und sich so zu verhalten, daß die Zwölfjährigen mit den Zahnspangen auch so werden wollten: die Wohltätigkeitslotterie organisieren und Gitarre spielen und ins Zeltlager fahren und Berg Zion zweistimmig singen und mit der Nachbereitungsgruppe Firmung Pizza essen gehen und sich verloben und heiraten und Liebe machen und ein bißchen Geld zusammenbringen und arme glückliche Arschlöcher werden.

Alex hatte den Verdacht, daß der Pfarrer und die Patres die Katechismusjugend, die die Messe mit ihrer Gitarrenmusik belebte, samt ihrem Chor Immerwährender Jungfrauen in Bluse und knöchellangem Rock verabscheuten.

Aber Fakt war, daß der Pfarrer und die Patres sie heute *brauchten.* ›Gebt acht, ihr Arschlöcher‹, überlegte der alte Alex, ›als die Messe noch auf Latein gelesen wurde, hätten sie euch mit den Zahnspangen an die Wand gestellt, erschossen und basta.‹

Zwei Never Mind The Bollocks später war wieder Montag morgen, und er hatte keine Physik gelernt.

Er war zwanzig Minuten zu früh und mit einer Art Kloß im Hals zur Schule gekommen. Vielleicht waren es auch Gewissensbisse, so ähnlich, wie er sie als kleiner Junge hatte, wenn er seiner Mutter Kekse klaute.

Mit wenigen spätadoleszenten Worten: Da war dieser Physiktest, und der alte Alex hatte *keinen Schlag* dafür getan. Spätadoleszente Moral. Unser dummer Jugendlicher, der während der Physikstunden Frigidaire und in Musikzeitungen über seine Das-ist-doch-Krach-und-keine-Musik gelesen hat, muß sechs Kapitel lernen, und statt sich darum zu kümmern, begibt er sich in schlechte Gesellschaft und begeht kurz vor der Arbeit zusammen mit einem Freund von der Sorte, wie man sie besser meidet, kleine rowdyhafte Akte.

In Ordnung. Jetzt würde er die gerechte *Strafe* erhalten, denn diese ganze elende Geschichte war ja auf elende Weise mit dem Katholizismus verbunden.

Sie trieben ihn in die Enge, den alten Alex, und deshalb versuchte er, sich einen Überblick über die Lage zu verschaffen, so, wie ein Generalstab, der in Schwierigkeiten ist, sich über die Karten beugt und Ablenkungsmanöver durchspielt: Oscar war seit drei Tagen mit einer eingebildeten Grippe zu Hause, um Griechisch zu lernen. Also keiner, von dem er abschreiben konnte. Der Baron wußte noch weniger als er selbst, also nichts. Alle sonstigen Genossen saßen zu weit weg.

Er hatte den ganzen Sonntag abend darüber nachgedacht, der alte Alex, als er vor lauter Schuldgefühlen nicht einschlafen konnte. Die erste Arbeit hatte er mit einem Ausreichend hinter sich gebracht, und es wäre kriminell, das jetzt mit dem zu erwartenden thermodynamischen *Debakel* zu verderben. Im Entschuldigungsheft waren schon sieben Blätter gebraucht. Ihm blieb also noch zweimal taktisches Fehlen, bevor es zur Kontrolle ins Sekretariat käme . . .

Während er sich also einen Überblick zu verschaffen suchte und sich über die Karten beugte, um ein Ablenkungsmanöver durchzuspielen, sah er plötzlich den Sozialdemokraten aus der 2e mit seinen kahngroßen Mokassins und seinem Rentnerkasack ankommen. Gegenseitiges Schulterklopfen. »Ey«, sagte der alte Alex. »Vielleicht mache ich heute blau.«

»Im Ernst? Großartig!« meinte der Sozialdemokrat, aber dann sagte er nichts weiter, dieser Wichser. Im Gegenteil, er baute vor: »Leider habe ich heute Latein«, erklärte er mit bebender Stimme, einigermaßen rot im Gesicht. »Aber beim nächsten Mal sprechen wir uns vorher ab und organisieren ein riesiges Massenschwänzen, hä?«

(Ein Massenschwänzen, vergiß es.)

Aber die Augen leuchteten ihm, diesem Wichser, und vielleicht hatte auch er eine winzige Sekunde lang die Versuchung gespürt, sich den Jollinvicta vom Rücken zu reißen und das Fahrrad loszumachen, doch dann war sein Blick wieder matt geworden, und er hatte der Welt zum x-ten Mal gezeigt, wie man den Schwanz einzieht: »Also, sieht man sich nach der Schule, Alex?«

Wichser.

›Fick-dich-doch-selbst‹, dachte der alte Alex. ›Verpiß dich.‹ Dann brachte er ein blödes »vielleicht« raus, so überflüssig und traurig wie alkoholfreies Bier.

Das Problem des Sozialdemokraten war, daß er niemanden enttäuschen wollte. Der arme Kerl *bemühte* sich, dir zu zeigen, daß ihm alles gefiel und daß er mit allen übereinstimmte, aber ohne durchblicken zu lassen, was er tat, um die anderen zufriedenzustellen, und was, weil er es wirklich wollte.

Es gab auf dieser Welt ja auch Leute, denen so was gefiel.

Dann, als die Schuldienerinnen das Tor öffneten und die Gehirnamputierten vom Caimani drängelten, um reinzukommen, durchfuhr unseren Rocker nur ein einziger Gedanke: »Weg aus diesem absurden Gewühl, und zwar so schnell wie möglich.«

Der alte Alex hatte sich auf das Geländer im Portikus gesetzt, gedeckt von dem Strom aus Jollinvicta und Mandarina Duck, der heftig wogend vorbeizog. Die Jüngeren kamen jetzt massenhaft. Vielleicht fünfzehn Minuten, bevor die Schulglocke schellen würde. Sie waren ja auch schon seit einer Weile da, wie begeisterte Fans, die Stunden, bevor Einlaß ist, zu einem Konzert gehen. Auch der alte Alex hatte sich in ihrem Alter so verhalten, und nach Schulschluß blieb er nicht mal für ein kleines Schwätzchen da und nahm auch an keinen Versammlungen teil. Während der Pause hing er in der Klasse herum, spielte Fußball oder schrieb Widmungen – o Gott – in *Poesiealben*. Auf den Gängen war er nie unterwegs.

Aber genau da machte man die Begegnungen, die man nicht verpassen durfte, doch das hatte er erst zum Schluß kapiert: Der einzige Zeitpunkt, zu dem man nicht unbedingt dasein mußte, war zu Unterrichtsbeginn. Sofern man nicht blaumachen wollte und ohne Kollegen dastand, wie jetzt. Jedenfalls konnte er es fast nicht glauben, weil er war sich eigentlich sicher, alle Leute von der Schule zu kennen, zumindest vom Sehen – und die Promis auf der Piste waren ja immer dieselben zwanzig oder dreißig –, doch diese Schattenwelt, diese beknackten Pünktlichen, die hatte er, soweit er sich erinnerte, noch nie gesichtet.

›Es muß das erste Mal im ganzen Schuljahr sein, daß ich zu früh komme‹, sagte er ganz perplex zu sich selbst und schaute mit großen Augen die schwatzenden, pickeligen Ungeheuer aus der Mittelstufe mit ihren verdammten Pilzköpfen, Zahnspangen und Fleecejacken an. Sie bewegten sich in Gruppen vorwärts, diese irren adoleszenten Monster. In Banden. In Klubs.

Wer weiß, wie viele mehr oder weniger bürgerliche Familien hinter diesen Ungeheuern standen; wer weiß, wie viele Schränke voller Kleider, wie viele Mütter, die sagten: Robertamaria, du mußt auf dich achten, du bist *sehr* hübsch, und hör nicht auf die *Jungen* . . .

Der alte Alex versuchte, sich all die Körper wegzudenken und sich nur auf die Unterwäsche zu konzentrieren. Dafür hätte man den Superblick des Mr. Kent gebraucht, klar, aber die Idee war faszinierend, muß man doch zugeben: Hunderte von Unterhosen, Hemdchen, BHs jeder Form und Größe in Bewegung. Eines Stephen King würdig, in gewisser Hinsicht.

Dann hatte der alte Alex die ersten bekannten Gesichter entdeckt: Bugani mit der rauchschweren Tarnjacke, Tito Scarpa mit den Krücken, den alten Cico im Outfit des Autonomen, Veteran der Isola; Mazza mit dem Helm in der Hand; De Luca mit der neuen Freundin von De

Luca. Und seine Klasse, eingeschlossen von der Menge: eine glanzlose Zone von weder sympathischen noch intelligenten Asexuellen plus ein Trupp depressiver echter Freunde und ein paar Tussen von öffentlichem Interesse. Und schließlich Rinaldi, der Freund vom alten Hoge, immer in seiner Jeansjacke, mit Pickeln und Bürstenschnitt. Rinaldi war einer der Nettesten. Einer, der absolut nicht auf irgendeinen Trip ging, und Alex hatte sich schon wahnsinnig oft gefragt, wie er sich hier wohlfühlen konnte, so ein spontaner und offener Typ, in dieser Schule abgewichster Arschlöcher. Wahrscheinlich fühlte er sich *überhaupt nicht* wohl, war seine Schlußfolgerung gewesen.

Hoge hatte ihm erzählt, daß man mit Rinaldi immer beim Thema Sex landete, weil der so eine Art lustiger und glücklicher Maniac war, und jedesmal wenn ein Mädchen aufstand, um aufs Klo zu gehen oder irgendwas in den Papierkorb zu werfen, murmelte Rinaldi: »Die hat vielleicht 'n paar Dinger, was meinst du?« und gab sich gleich irgendwelchen scharfen Phantasien hin, die einen ganz schön durcheinanderbringen konnten. Und tatsächlich wollte das alte Elektrogehirn Hoge auch nicht mehr neben ihm sitzen, weil all diese unaussprechlichen Phantasien ihn zu sehr ablenkten.

Den Rest der Zeit, wenn kein Mädchen aufstand, um zum Klo zu gehen oder irgendwas in den Papierkorb zu werfen oder so, las Rinaldi dicke Bücher auf englisch, so was wie Geschichte der Apple Computers, und man konnte ihn als eine der Stützen der Klogruppe betrachten.

Jeder Lehrer hielt seinen typischen Unterricht. Der alte Alex & Partner kannten die Modelle auswendig: es gab den Lehrer, der zuerst abfragte und dann unterrichtete, den, der manchmal unterrichtete und manchmal abfragte, und dann noch die Italienischlehrerin, die sich bis in den November hinein, begleitet von tödlichem Desinteresse, an den Werken von Bembo, Castiglione und Konsorten abgearbeitet hatte.

Wenn abgefragt wurde, war es unproblematisch, man konnte draußen bleiben oder ohne groß was zu stören wieder reinkommen; dagegen machte der Lehrer gerne einen Akt, wenn man, während er so aufregend über Hesiod, eine Gleichung mit mehreren Unbekannten oder die Ringe des Saturns sprach, in die Klasse zurückkam und sich dabei das Päckchen kratzte, die Nase hochzog oder die Füße über den Boden schleifen ließ. Bei interessanten Unterrichtsstunden dieser Art war es empfehlenswert, im Laufschritt ins Klassenzimmer zu stürzen – dabei konnte ein Gesichtsausdruck, in dem sich die Verzweiflung darüber zeigte, schon wesentliche Teile verpaßt zu haben, hilfreich sein –, sich auf seinen Kampfplatz zu werfen, im Versuch, das Versäumte aufzuholen, wie rasend Notizen zu machen, mit stählerner Entschlossenheit zur Tafel zu blicken und die Hand zu heben, um im richtigen Augenblick eine ebenso vorgeschobene wie plausible Scheißfrage zu stellen. Wenn man dieses Verfahren korrekt einhielt, würde man nach der Stunde im Unterbewußtsein des Lehrers in irgendwie vage positiver Erinnerung bleiben.

Wenn man dagegen das »Kommen-Sie-Kommen-Sie« riskierte, blieb man draußen und basta. Die einzigen Lehrer, die nach den Vermißten fahnden ließen, waren die absolut Uninteressierten, die sich nicht damit beschäftigten, wie sie einen guten Unterricht halten könnten, sondern nur damit, wie viele freie Plätze in der Klasse waren. Die faulen Lehrer waren die schlimmsten: sie hatten ein schlechtes Gewissen und versuchten einen jedesmal reinzulegen.

Wer als erster rauskam, drückte sich an den Türen der anderen Klassen herum, wo die Genossen von der Klogruppe verstreut waren, und versuchte, ohne sich von den Lehrern sehen zu lassen, denjenigen herauszuholen, der es sein sollte. Dem alten Alex gefiel es, den Blick eines der so anständig dasitzenden Mädels aufzufangen, ein Gesicht wie Johnny Rotten zu machen und mit Grimassen und Gesten auf den gewünschten Genossen zu zeigen. Nach zwei oder drei Fratzen kapierte die Tussi vom Dienst, drehte sich in die richtige Richtung und zeigte Hoge oder Rinaldi oder Depression Tony oder Leo Tschernobyl die Tür, und dann standen unsere wilden Kerle auf, warfen einen Kontrollblick in die Runde, hielten aber den Kopf immer ein bißchen gesenkt, wenn sie zum Ausgang kamen, damit der Lehrer ihr Grinsen nicht sah.

Auf dem Klo trank man lauwarmes Bier. Heineken, am Nachmittag vorher im Supermarkt gekauft und im Kühlschrank versteckt, jetzt wieder warm. Doch Alex fand das geil, mit einer Dose unterm Hemd aus der Klasse rauszuschleichen, am Ende des Gangs die Freunde der Punkgemeinde zu sehen, die an der Klotür auftauchten und ihm Zeichen gaben, daß er sich beeilen sollte, damit sie nicht von den Schuldienern erwischt wurden, die ihre vom Rex ferngesteuerten Runden drehten.

(Das Klo war der schönste Platz im Caimani-Gymnasium. Ein Ort, wo niemand dich unterbrach, wenn du über die Kritiken von Blast oder virtuelle Realität oder Pariser oder Rock-Konzerte in Chiesa Nuova, Sant'Egidio, Santa Rita sprachst.)

Während dieser Jahre als müde Schwindler, wie Holden Caulfield sagen würde, war Alex groß geworden und fühlte sich sehr viel mehr auf der Seite der revolutionären Texte von Negu Gorriak und von Anarchy In The UK der Pistols, als der von Vittorio Alfieri und der Anabasis von Xenophon.

Sie sprachen auch über Politik, die Jungs vom Klo. Sie fühlten sich als Rote, Radikale, Anarchisten. Sie haßten, was auf Gegenseitigkeit beruhte, die Nazi-Arschlöcher, die sich in ihrer Schule ausbreiteten, Söhne von Söhnen von Händlern, Kaufleuten, Zahnärzten, Söhne einer komplexlosen italienischen Ignoranz. Sie fühlten sich, mit unterschiedlichen Abstufungen, einer optimistischen und aufrichtigen Linken zugehörig, sympathisierten mit dem Underground der besetzten sozialen Zentren und Independent Labels und verabscheuten vor allem die Bleizwerge der Parteiorganisationen.

(In der Stadt hatten die Parteizwerge die Räumung der selbstverwalteten Zentren wie der Isola oder der Fabbrika genehmigt. Sie klopften große Sprüche – Bologna beschrieben sie als eine Art Ort, wo der Sozialismus mit menschlichem Gesicht praktisch Wirklichkeit geworden war – und fuhren zu den Virtus-Spielen im Mercedes von ihren Villen in den Hügeln runter in die Stadt, um ihr unglaublich falsches Vor- oder Nachwahllächeln unters Volk zu bringen.)

(Sie waren nur Zwerge und Scheißvips, wie Dee Dee Bombay auf dem Demo der Splatter Pink röhrte, und ihre Kinder Pierdavide, Gianfrancesco und Camillamaria saßen in der Klasse, im leeren Hirn ein Brummen, und überlegten höchstens, wie sie am Samstag abend gnadenlos viel

Kohle rauspowern konnten, während sie den Lehrer, der über die Pariser Kommune sprach, debil anlächelten.)

Für den alten Alex und seine Freunde war das auch ein bißchen Klassenkrieg: Krieg zwischen denen, die sich den Arsch aufrissen, und denen, die alles hatten, weil sie reich geboren waren oder ihre Familien nie Steuern bezahlten. Und nachher gab's die Feste der Achtzehnjährigen in der Villa und die Väter Scheißrotarier Kapuzenmänner und die schönen bräunenden Tennisturniere, nicht?

Die Ältesten der Klogruppe, die alle wählen durften, dachten an die Rifondazione comunista. Oder beschäftigten sich wie der alte Alex mit den Ideen und Programmen zur Drogenfreigabe.

Lassen wir das mal.

Wir waren an dem Punkt, als Alex Rinaldi sieht, richtig?

»Grüß dich, Alter«, sagte der alte Alex.

»Hi«, antwortete Rinaldi, »du bist doch nicht etwa zu *früh* dran heute?«

Der alte Alex zuckte mit den Schultern. Man sah, daß er voll von der Rolle war.

»Und«, fragte Rinaldi, »was für Scheißfächer hast du heute morgen?«

Uh, er hatte es gerochen. Daran gab's keinen Zweifel.

»Zwei Stunden *Griechisch*«, brachte der alte Alex raus und seine Augen flackerten voll irrer Hoffnung, »Geschichte, die beknackte Physikarbeit . . . Sag mal, hättest du Lust, blauzumachen? Ich weiß wirklich nicht, was ich sonst tun soll, echt.«

Er hatte ihn voll direkt angemacht, und der alte Rinaldi zwickte sich ins Kinn.

Uh. Er hatte Lust. Und wie er Lust hatte.

Man mußte ihn jetzt nur ein bißchen beruhigen, und der alte Alex war ein Meister, wenn es darum ging, einen zu beruhigen.

(Es folgten Augenblicke quälender Intensität mit zu Haufen gebündelten Adrenalinstößen von überall.)

Dann kam die Chemie-Boriani vorbei, und der alte Alex zerrte Rinaldi in den Schatten und sagte: »Laß dich nicht blicken, da ist die Boriani«, und Rinaldi tauchte flink wie ein Delphin in die Schattenzone des Portikus, weil einmal hatte die Boriani ihn vor der Schule gesehen, und er hatte es nicht gemerkt und dann blaugemacht. Und am nächsten Morgen, als er seine Entschuldigung abgab – schwerwiegende familiäre Gründe –, hatte sie ihn mit der Bemerkung überrascht: »Ich meine aber doch, dich gestern hier vor der Schule gesehen zu haben, Rinaldi.«

Doch er hatte energisch den Kopf geschüttelt – halb der Verführung seiner Katechismusschüler beschuldigter Priester, halb untröstlicher Neffe – und geantwortet: »Gestern, nein, das kann nicht sein, denn die ganze Familie war in Parma, weil doch mein Onkel beerdigt wurde.«

Die Geschichte vom verstorbenen Onkel hatten alle schon mindestens hundertmal gehört, doch als Rinaldi sagte: »Nein, die ganze Familie war in *Parma*«, stieg ein anerkennendes Gelächter und Gekicher zum Himmel. Das war letztlich keine so simple Sache. Die Geschichte von der Beerdigung eines Verwandten hätte jeder erfinden können – aber wäre er auch auf die majestätische Klasse dieses geographischen Details gekommen, mit diesem Aufriß des Familienlebens in *Parma*? Man hatte das Gefühl, ihn vor sich zu sehen, den alten Rinaldi, wie er als kleiner Junge mit seiner Familie nach Parma fuhr, um seinen Onkel, den nun verstorbenen Ingenieur, zu besuchen.

Fast tat es einem leid um diesen Mann, der nie existiert hatte.

Super. Der alte Alex und Rinaldi hatten Kurs auf die Bar degli artisti genommen, Zuflucht für jeden Logistiker des Stemmens, der was auf sich hielt, und eine Sekunde lang hatte sich der alte Alex im Spiegel der Bar gesehen und gedacht, daß er sich heute ganz gut gefiel: graues Button-down-Hemd, ratzekurze Haare, Schott Jeans mit abartig gebügeltem Umschlag und blitzeblanke Schuhe mit gut sichtbarem gelbem Band auf dem Gummi der Plateausohle. Und dann, als er sich in Gedanken verlor, über immer radikalere Haarschnitte und Wappen von West Ham United, die er sich auf die Militär- oder auf die Bomberjacke nähen könnte, pour épater la bourgeoisie, war ihm Aidi wieder eingefallen, die in diesem Moment fünfzig Meter von ihm entfernt sein mochte, gerade vor der Schule, und er hatte sich wie einer in einem Film gefühlt und wäre am liebsten schreiend rausgerannt, ohne Jacke, mit dem halb aufgegessenen Sandwich und der Flasche in der Hand, um schon von weitem Aidi in allen Farben zu sehen, während sie mit den anderen Mädchen in schwarzweiß sprach, hätte alle, die ihm im Weg waren, mit den Ellbogen weggeschoben, wäre ganz nah zu ihr hin, hätte nur »WARUM?« gefragt, um dann noch einmal alles von vorn zu beginnen, weil man sah doch kilometerweit, daß es zwischen ihnen nicht zu Ende war, und man sah, daß sie das auch sehr gut wußte. Und jetzt, Scheiße, war er entschlossen: Wenn er am Nachmittag nach Hause kam, würde er ihr einen Brief schreiben, der alle Mißverständnisse ausräumte, und im Laufe von vier oder fünf Tagen hätte diese absurde Situation ein Ende.

Eine Viertelstunde später war auch Hoge in der Bar degli artisti aufgetaucht. Er floh vor einer Razzia, die Benfe veranstaltete, und war auf der Suche nach Genossen. Ab und an kamen noch andere mit Büchern und Helm, die Typen an der Theke servierten Kaffee und redeten mit den erwachsenen Gästen, und dann war es Rinaldi gewesen, der als erster das komische Schweigen ankratzte, das sich über ihren Ecktisch gelegt hatte – das Schweigen und dieses andere Gefühl, das alle drei langsam erfaßte, beinahe so etwas wie Sehnsucht nach dem Zustand vierzig Minuten zuvor, als jeder noch in seinem Bett lag, mit Postern und Fotos über dem Kopf und in seine Decken gewickelt – ein bißchen traurig machte das schon, man mußte es wirklich irgendwie wegkriegen.

»Hört mal«, sagte Rinaldi und kreuzte entschlossen die Arme. »Wir gehen jetzt auf einen Sprung zu mir.«

»Okay, klingt ziemlich gut«, meinte der alte Alex und wechselte einen eindringlichen Blick mit Hoge. »Klar. Wo wohnst du denn?«

Sie hatten ihre Rucksäcke und Jacken auf Rinaldis Bett gelassen, in dem Zimmer, das er mit einem Bruder im Alter von Gullit-Subbuteo-Micromachines-Postern teilte.

Nach der Einrichtung zu urteilen war Rinaldis Familie weder besonders reich noch besonders arm – sie lag wohl mehr oder weniger im Landesdurchschnitt, also *unter* dem vom Gymnasium, zum großen Teil bevölkert von den Sprößlingen von Oldtimer-Sammlern, Grundeigentümern etc. Na ja, vielleicht war diese Sache mit den Sammler-Vätern etc. nur ein unbedeutendes Detail.

Vielleicht ja, aber es fiel trotzdem ins Gewicht.

In einer Gesellschaft, in der ein Siebzehnjähriger keinen Jungen als Zimmergenossen mochte, der billigere Koffer hatte als er selbst, hatten *verschiedene* Details Gewicht.

Der alte Alex freute sich über Rinaldi und hätte sich gewünscht, daß alle seine Freunde so wären, daß sie offen sagten, aus welchen Vierteln sie kamen, daß sie sich an die Höfe erinnern würden, wo sie als kleine Jungs herumgelaufen waren, und auch an die Nachmittage, die sie damit verbracht hatten, von den Großen vergessene Telefonmünzen aus den alten Apparaten mit der gelben Rückgabetaste zu holen.

Alex hatte sich auf die Couch im Wohnzimmer geworfen, neben Hoge mit seinem ausgebleichten Fleece, und Rinaldi gab sich Mühe, das Eis zu brechen und es ihnen beiden recht zu machen. Irgendwann hatte er was zur Stärkung hingestellt, das des alten Burgess würdig gewesen wäre – eiskalter Wodka plus Abbracci-Kekse von Mulino bianco –, und gleich waren begeisterte Rufe gen Himmel gestiegen.

Das beschlagene Gläschen hatte in der schwankenden und nervösen Hand des alten Alex zu kippen begonnen, und Hoge hatte nicht gezögert, die Geschichte von dem Sarden, der sich anbietet, einen zwölf Meter großen Gorilla zu besteigen, zum besten zu geben. Und dann waren da diese Abbracci-Kekse, die zusammen mit dem eiskalten Wodka wahnsinnig gut kamen, Jesus. Die Sorte hatte es nicht gegeben, als sie noch klein waren, da gab's nur Frollini mit Honig oder Zuckerkörnchen und noch ein paar wenige Sorten, die schon wahnsinnig gut waren im Vergleich zu diesen trockenen Keksen, die sich im heißen Tee schneller auflösten, als man sie wieder rausziehen konnte.

Rinaldi hatte was von Pink Floyd aufgelegt.

Dann war das Gespräch auf Fußball gekommen.

Sublim und soziologisch!

Am Caimani über Fußball zu reden hieß schon, sich von der Unzahl gewiefter Tennisspieler und gebräunter Skifahrer zu unterscheiden, die dort die Luft verpesteten. Fußball hieß in Italien – in einem bestimmten Jugendmilieu –, sich auf matschigen Plätzen bis zu den Ohren mit Schlamm vollsauen, sich auf Höfen die Knie aufschrammen, am Sonntag früh aufstehen und durch den Nebel radeln, um zum Training zu gehen.

Sich in gewissen schulischen Kreisen für Fußball oder Rugby oder Boxen oder Radsport zu interessieren bedeutete auch, daß man nicht so in Watte gepackt war wie die anderen siebzehnjährigen verwöhnten Söhnchen. Es hieß, daß man wußte, wie man sich in einer Bar benimmt, daß man mit dem Friseur reden konnte, daß man allein nach Hause kam, auch wenn Nacht war und die Vespa eine Panne hatte und man ohne Geld für ein Taxi dastand. Mit wenigen spätadoleszenten Worten: Vielleicht war genau das einer der Gründe für den muy aggressiven Look des alten Alex: sich von den Siebzehnjährigen mit ihren Ralph Lauren Polos und ihren blonden Engelslöckchen zu unterscheiden.

Mit dem Thema Fußball war das Eis jedenfalls definitiv gebrochen und die Unterhaltung in Rinaldis Wohnzimmer ganz natürlich bei den üblichen Questions gestrandet: Titten Mösen Ärsche.

Der alte Alex war der Älteste der Gruppe, wenn auch nur wenige Monate älter, und Hoge und der Hausherr kannten sich gut. Deshalb war er es, der die drängenden Fragen von Rinaldi ertragen mußte. Und tatsächlich wandte sich Rinaldi mit einer total vertrauensvollen Miene, die man prima fürs Geschäft brauchen könnte, an ihn: »Sag mal, Alter, was meinst du, wie ist die Tedeschi?«

Nach der Art, wie Hoge gegrinst hatte, verstand man augenblicklich, daß genau dies das Kernthema war, mit dem sich tagtäglich eine Menge Leute in hitzigen und wütenden Debatten herumschlugen; eine Art semikollektives Enigma, das noch nicht gelöst war. Wenn er die Autorität wahren wollte, deren er sich immer erfreut hatte, mußte unser Rocker die richtige Antwort geben. Vielleicht gefiel sie dem einen, und dem anderen nicht. So, wie er gefragt hatte, gefiel sie Rinaldi mit Sicherheit.

Der alte Alex lächelte schließlich, wie ein guter Vater in alten Zeiten, der die Schwächen seiner Kinder kennt und letztlich teilt: »Also die ist mehr als geil, die Tedeschi. Toller Hintern, und auch vorne . . . Doch, doch, echt geil, wirklich.« Rinaldi geriet schon langsam in Ekstase, das sah man an diesem seltsamen Blick, den er bekam. Doch Hoge schien mehr als skeptisch. »Und auch das *Gesicht*«, setzte der alte Alex noch eins drauf. »Ihr Gesicht ist auch klasse. Manchmal sind Blondc, besonders falsche Blonde, ja ein bißchen billig, nicht? Aber die Tedeschi ... Ich meine, die nicht.«

Na also, jetzt hatte er auch die halbe Zustimmung vom alten Hoge gekapert. »Also, da könnt ihr euch drauf verlassen. Die Tedeschi ist echt, wirklich echt geil. Liebe Scheiße, die ist so was von perfekt, die Alte. Wie eine aufblasbare Puppe kommt die einem vor, so perfekt ist die!«

Rinaldi, auf die Couch gefläzt, die Hände auf dem Bauch voller Kekskrümel, hatte begonnen, sich zu erinnern.

»Uh, schon'n bißchen her, da wollte sie mal was von mir, weißt du noch?«

»Im Ernst? Da würde ich mir ja heute noch die Krätze an den Hals ärgern.«

»Das tue ich auch. Sie wollte was von mir, weißt du nicht mehr? Ich war vielleicht 'n Hänger, aber nichts mehr dran zu machen.«

»Jetzt ist sie mit diesem Mazzuoli aus der 3c zusammen. Diesem Angeber mit dem roten Golf.«

»Ja, aber mit dem geht sie doch nur, weil er das Auto hat, dieser Angeber, *Himmel*, wenn ich dran denke, daß sie mal was von mir wollte ... Aber wißt ihr, warum sie mit dem Mazza zusammen ist? Ich sage euch, warum. Weil sie alle Nutten sind, die Mädchen. Nutten der schlimmsten Sorte. Nutten*nonnen*. Sie *tun* so, als wären sie Nonnen, und dann, wenn sie so einen Kacker auftun, so einen echten Kacker, *verwandeln* sie sich und werden schlimmer als die auf der Straße.«

»Na, aber nicht alle. Die Pastorelli nicht.«

»Das ist aber auch eine *furchtbare* Kuh, entschuldige mal. Klar, daß die nie eine Nuttennonne wird. Eine grauenhafte Kuh. Die wird nie Nuttennonne . . .«

»Ja, okay, aber ich würd's trotzdem mit ihr treiben. Und außerdem sind die alle Nuttennonnen, solche Kühe auch. Du ziehst ihnen einfach eine Brottüte über den Kopf und machst das Licht aus . . . Dann sind sie doch alle gleich, weißt du.«

»Dann kann man aber genausogut . . . Ich meine, Wichsen ist doch auch nicht schlecht. Entschuldige, aber dann kann man genausogut wichsen.«

»Also das ist aber anders, weißt du, da ist doch so richtig ein Körper, der sich bewegt . . .«

»Ja, ja, aber wenn es der Körper der *Pastorelli* ist. Ich weiß nicht. Und nachher verfolgt mich das für den Rest meines Lebens.«

»Mensch, sag mal, wie heißt eigentlich diese eine sauscharfe Tussi aus eurer Klasse, die dünne mit den zwei Kaventsmännern . . . echt geil . . .«

»Flavia Maria Ferri?«

»Ja, genau. Flavia Maria.«

»Ey, verdammt, die ist wirklich strunzgeil. Die geht nur mit Typen Mitte Zwanzig . . . Ich meine, das ist eine, Flavia Maria Ferri, das ist eine . . .«

»Ja, warum? Meint ihr, die älteren Typen, die sie abholen, die bumsen sie nachher?«

»Ich glaube, die hat schon alles mitgemacht«, warf er alte Alex ein, »und ich meine alles.«

»Das endet hier noch so, daß sie uns festnehmen«, sagte der alte Hoge. Er gab nicht mehr so viele Lebenszeichen von sich wie am Anfang. Alle fünf Minuten nahm er einen Schluck und schien ein bißchen in sich zusammengesunken. Rinaldi dagegen war voll im Reich der Phantasie unterwegs, mit Ferri Flavia Maria nackt in der Dusche, in einem kleinen mexikanischen Hotel, und er stürmt rein . . .

»Klar, reinzukommen . . . also das ist nicht so einfach.«

»Laß mal, denk nicht dran. Trinken wir noch einen.«

»Noch schön kalt, hä? Der läuft gut runter. Ich trinke auf die Liebe.«

»Korrekt.«

»Mehr als korrekt. Auf die Liebe.«

»In Filmen, da lernen sich Leute am Nachmittag kennen, und abends sind sie schon voll dabei. Einfach gleich so. *Stundenlang.* Aber bei uns passiert so was nie. Ich meine, hat das was mit dem Alter zu tun?«

»Ach, das Alter spielt dabei keine Rolle. Das hat mit der Schule zu tun. Das sind doch alles Trockenmösen, siehst du das denn nicht? Die zieren sich und zieren sich und zieren sich und machen es nie. Okay, jedenfalls nicht mit uns. Die zieren sich einfach und machen es nie. Du mußt dich wirklich mal ein bißchen umsehen, mal was anderes sehen. Was weiß ich, geh in eine katholische Schule. Bei den Katholen lernen sie's schon mit dreizehn. Das sagt mein Cousin Nando auch: Marientöchter, die treiben's als erste. Und dann hab ich noch 'ne Theorie über Mädchen, und Pietro, mein anderer Cousin, der am Meer wohnt, hat sie mir bestätigt: die, die sich das ganze Jahr lang zieren und dir allerhöchstens einen platonischen Kuß auf den Mund geben, die rasten in den Ferien, besonders am Meer, *vollkommen* aus, Scheiße. Na gut. Hört zu. Vielleicht gefallen ihnen die Typen am Meer soviel besser? Oder vielleicht sind sie in der Stadt scheu? *Unmöglich*, stimmt's? Und dann hat mir mein Cousin Pietro vom Meer, aber nicht nur er, auch andere, okay, geschworen, daß diese Touristinnen voll fickrig schwanzgeil in Rimini einfallen, aber wenn sie sich richtig amüsiert haben, wenn sie nach Parma, Varese, Lugano, Vicenza, nach Bergamo, nach Guastalla, nach Verona zurückgekehrt sind, also überall dahin, woher sie kommen, wißt ihr, was sie dann tun? Sie brechen alle Verbindungen mit den Boyfriends vom Meer ab, antworten nicht auf Briefe, sind nicht ans Telefon zu kriegen ... Sie sprechen nicht mehr mit dir. Für sie bist du wie tot. Die ziehen polarkalte Mauern hoch, und das ist es dann gewesen. Findet ihr das richtig?«

Nein, aber wirklich nicht.

Applaus.

Wodka.

»Stimmt alles. Stimmt verdammt alles. Aber es hat auch was damit zu tun, daß wir hier in Italien sind. Es gibt solche und solche Länder, nicht? Es gibt reiche Länder und arme Länder. In den armen tröstet man sich so. Ich meine, sehen wir uns doch mal Griechenland an! Sehen wir uns Portugal an! Sehen wir uns Afrika an! Liebe Scheiße, es gibt Gegenden, da haben die Leute mit fünfzehn schon drei Kinder! Mit fünfzehn, mit vierzehn haben die schon drei Kinder! Und dann gibt es katholische Länder und nichtkatholische Länder. In den katholischen Ländern haben die Mädchen einen Haufen Komplexe, sie haben Angst, Huren zu sein oder machen mit Gleichberechtigung rum – jetzt auch nicht mehr, weil sie kapiert haben, daß es bequemer ist, daheimzubleiben und nichts zu tun –, aber jedenfalls, sie fassen auf gar keinen Fall einen Schwanz an. Im Norden dagegen! In Holland! In Schweden! Mal abgesehen davon, daß da die Mädchen mit vierzehn schon wahnsinnig toll aussehen. Hier haben sie Zahnspangen, *fettige* Haare . . . Ich weiß auch nicht . . .«

»Wie die Freundin von Zanardi.«

»Ja, aber die ist achtzehn, nicht vierzehn. Verstehst du. Das ist nicht das gleiche.«

»Okay, die Freundin von Zanardi ist aber echt die Härte. Und was ich gesagt habe, stimmt jedenfalls. Fahrt nach Norden über die Alpen, dann seht ihr's.«

Verdammt! Das tun wir!

Wodka!

»Mich schicken sie in diesem Sommer nach Exeter ins College«, sagte Hoge. Er sackte langsam aber sicher weg, der Typ.

»Ich bin letztes Jahr in London in einer Familie gewesen. Die Herrin des Hauses hatte zwei Töchter, eine in unserem Alter und eine, die anderthalb Jahre jünger war.«

»Jetzt kommt raus, daß du sie *zusammen* gehabt hast. Sag mir, daß es so ist, ich beschwöre dich!«

»Ja, und die Mutter auch . . . Sag mal, spinnst du eigentlich oder was? Die Größere nahm ältere Typen mit aufs Zimmer. Nein-nein, da hatte ich keinen Stich. Aber die andere, die ganz zart und lieb und anständig wirkte, die war so scharf, daß man's nicht aushielt. Rita. Sie hieß Rita. Okay. Eines schönen Tages waren nur wir beide zu Hause, sie saß in ihrem Zimmer, und ich war im Wohnzimmer und sah fern. Irgendwann kommt diese Tussi runter. Und wohin setzt sie sich? Genau neben mich. Da waren *zwei riesige* Couchs in dem Zimmer, und sie setzt sich direkt neben mich, fast auf mich drauf, und schiebt auch noch einen Arm hinter meine Schultern . . .«

. . . Also, am wichtigsten fand der alte Alex, daß seine

Geschichten *stimmten*. Zugegeben, es war ihm manchmal schon passiert, daß er ein paar Details ausschmücken mußte, aber mit Sicherheit war unser Alex keiner von diesen mehr oder weniger jugendlichen Angebern, denen man überall begegnen konnte. Nur daß es nichts gab, was den Lügner, der ehrlich zu sein schwor, von dem echten Ehrlichen unterschied, und deshalb war's doch wohl nicht so schlimm, mit leichtem Herzen die Wahrheit zu erzählen und das, was nicht so ganz stimmte, möglichst wahrscheinlich zu machen, oder?

». . . Kurz und schlicht: also ich hab kein Wort gesagt. Aber sie wirft mir Bambi-Blicke zu und baut sich direkt *vor* mir auf. Im Fernsehen liefen gerade Die drei Amigos, und einer von den falschen Pistolenhelden war bei dem singenden Busch angekommen . . .«

Okay, Kinospannung, aber das verdient Anerkennung. Ich meine, eine Szene häuslichen Friedens mit einer Sexszene zu verbinden erweckt gleich den Eindruck eines coolen, fast nebensächlichen Ficks, und das kommt gut, mindestens auf einem gewissen spätadoleszenten Niveau. Das paßt einfach gut rein.

Jetzt zum Beispiel war er gerade damit fertig, im Wohnzimmer des alten Rinaldi die fünfzehnjährigen Hüften der Rita Wilson in die Luft zu malen. Das kam doch wirklich gut, ging ja gar nicht anders. Dem alten Rinaldi traten fast die Augen aus dem Kopf, und er sah aus, als hätte er sich ernsthaft das Kinn ausgerenkt . . . Bei Hoge dagegen tat sich nichts. Er fläzte weiter auf der Couch herum, und das war's schon . . .

». . . Im Fernsehen sind also Die drei Amigos in der Szene mit dem singenden Busch, und Rita Wilson fängt doch tatsächlich an, mir das *T-Shirt* auszuziehen. Ich mache gar nichts. Bewegungslos. Sehe sie an, ohne was zu sagen. Aber irgendwann stehe ich auf und fange an, sie auch auszuziehen . . .«

Und hier hatte der alte Alex auf seine spätadoleszente Art mit einem Blick das Publikum gepackt – ein Jagdflieger im Sturzflug, der auf einen präzisen Punkt zurast, und der alte Rinaldi starrte mit inzwischen gebrochenem Kinn unentwegt nach unten, voller Erwartung, daß die quasi sixteen year old Rita Wilson sich schwitzend und keuchend genau dort materialisiert, auf dem Teppich seines häuslichen Wohnzimmers . . .

». . . Was sollte ich da anderes tun? Ich mußte sie mir gleich schnappen, auf dem Teppichboden, und dann, während sie duschte, habe ich mir das Ende der Drei Amigos angesehen, wie sie die Männer des Guapo schlagen.«

Manchmal übertraf die Wirklichkeit die verrücktesten Phantasien.

Der alte Alex.

Na gut, darüber sagte er, als sie zu dritt in Rinaldis Wohnzimmer saßen, kein Wort zu Rinaldi und Hoge, und die Geschichte mit der Engländerin war jedenfalls ungefähr so gelaufen, nur daß es nichts Großartiges gewesen war. Er wußte noch genau, wie alles ausgesehen hatte: die Platten von Joan Armatrading und Lionel Ritchie auf der Kommode gestapelt, die halbtransparenten Gardinen, der beige Teppichboden, der Teller mit dem Kekspapier auf dem Boden.

»Aber wie zum *Teufel* hast du's gemacht? Ich meine, ja, mit der Verhütung! Wie hast du das gemacht mit der verdammten *Verhütung*, ey, Scheiße?«

Ja, die Verhütung, die Verhütung. Alex fielen all die mehr oder weniger kalten Schweißausbrüche und Ängste im Herbst wieder ein.

»Also ehrlich gesagt: Rückzieher. Andere Möglichkeit gab es nicht. Achtgeben. Früh genug rausziehen. Da hast du die Verhütung. Aber wenn ich euch einen Rat geben darf: macht keinen Scheiß, denn hier werden *haufenweise* Kinder geboren, da muß man vorsichtiger sein als ein Puma.«

»Meinst du, das weiß ich nicht? Ich hab immer einen Pariser dabei.«

Der alte Hoge meldete sich schwach wieder zurück.

Vielleicht seit *Jahren* denselben. Pariser meine ich.

»Klar, reinzukommen . . . ist nicht *so* wahnsinnig leicht. Dazu braucht man Schwein, um reinzukommen, sonst vergiß es . . .«

Tatsache, das war echt der alte Rinaldi aus den goldenen Zeiten. Unsterblich. Der gute Rinaldi, der sich die Filme mit Edwige Fenech und Alvaro Vitali reinzog, ohne daß seine Eltern es wissen durften; der zu den entlegensten Kiosken der Stadt ging, damit er keinen Verwandten begegnete, wenn er sich seine Pornos kaufte.

Nur daß der alte Alex ihn jetzt verdammt aufgegeilt hatte und Rinaldi darauf bestand, daß sie sich alle zusammen wenigstens Heiße Hostessen Mission Alcatraz ansehen mußten. Jetzt. Hier. Bei ihm daheim. Der alte Alex war nicht gerade höllisch scharf drauf, aber da auch Hoge, so wie der total mit Wodka abgefüllt war, keine Anstalten machte, sich abzusetzen, und der alte Rinaldi die Videokassette nach heftigem Gezerre aus dem Regalfach bereits in der Hand hielt, schon halb raus aus der Hülle mit Red Hot Chili Peppers Live In Holland oder sonst einem ausreichend undurchsichtigen Titel, der nach Rinaldis Meinung genügen würde, seine Eltern abzuschrecken . . . Was konnte man an dem Punkt noch machen? Man mußte es sich ansehen, damit er zufrieden war.

In zähen Viertelstunden war es elf geworden.

Um zwanzig nach zwölf hatten die Heißen Hostessen schon kilometerweise Schwänze hinter sich gebracht, der eiskalte Wodka war alle, und der alte Alex spürte aus irgendeiner inneren Schattenzone ein heftiges Schlafbedürfnis aufsteigen.

Und jetzt war genau die Zeit, nach Hause zu gehen. Montag . . . Ja, Montag, fünf Stunden . . . Der alte Alex mußte zwischen Viertel nach eins und halb zwei zu Hause sein.

Man mußte sich absolut in Marsch setzen, und zwar *jetzt*.

So war auch die Zeit von ciao Rinaldi gekommen, ciao Alter, sag nicht Rinaldi zu mir, sag Rocco, also gut, ciao Rocco, ciao Alter, ciao Hoge, tschuldigung, hab die Tasche vergessen, ciao Alex, ciao Alter, hab ich eine Jacke gehabt? . . .

Kosmisches Gelächter.

Dann war der alte Alex die Treppe mit einer Leichtigkeit runter, die was Irreales hatte, während Hoge es nicht schaffte, gerade zu gehen, nicht mal ein kleines Stück, und gegen die ärmlichen Läden in Rinaldis Straße torkelte, den ärmlichen Schreibwarenladen, die ärmliche Reinigung, den ärmlichen Installateur . . . Was zum Teufel war denn in Rinaldis Straße los, daß alles ärmlich war?

Es war furchtbar für den alten Hoge. Wer weiß, wie Rinaldi sich fühlte, wenn alle von den Ferien hier und da redeten, und er blieb den ganzen Sommer lang zu Hause oder fuhr höchstens mal zu den Großeltern in die Berge. Er schaffte es nicht, auch nur einigermaßen gerade zu gehen, der alte Hoge, aber diese Fragen nahmen ihn doch mit.

Sie fanden einen halbleeren Bus, mit dem sie ins Zentrum zurückfahren konnten, und in diesem halbleeren Bus machten sie die ganze Zeit Scheiß, Hoge und er. Dann, als sie sahen, daß Hoge an der nächsten Haltestelle aussteigen mußte, verabschiedeten sie sich auf die übliche Art, mit Händedruck, Finger um den Daumen geschlossen. Eine letzte Umarmung, noch ein Lachen, und der alte Alex blieb allein zurück, mit dem Wodka im Kreislauf und Kopfschmerzen, die langsam ultrahart wurden.

Ein schauerlicher Kampf mit sich selbst, um mehr oder weniger auf der Höhe der Haltestelle von Linie 20 auszusteigen, und dann, um die Straße zu überqueren und sie *tatsächlich* zu erreichen, die Haltestelle der 20.

Nach unbestimmbarer Zeit hatte er den orangefarbenen Wal bemerkt, der ganz hinten auf der Geraden ankam und sich stampfend in seine Richtung voranbewegte, bis sich schließlich ein schwarzer Gummischlund vor ihm auftat. Einsteigen. Raufklettern, ganz ruhig, rein. Es war heiß, und da waren eine Menge schwitzender Leute im Bus, Scheiße. (Okay, ich hab mir voll die Kante gegeben. Voll die Kante, okay . . . Mir mit Wodka die Kante gegeben. In Ordnung. Okay. Die Kante.) Und dann war da diese Dame Typ Gemeindemitglied mit bläulich schimmernden Haaren und Pudelpelz, die zu ihm sagte: »Hören Sie mal, junger Mann . . .«, und der alte Alex umarmte gerade den Entwerter, während ein leises Stimmchen in seinem Wodkahirn ihn mahnte: »Okay. Steh auf und mach Platz. Steh auf und mach Platz.«

»Nun hören Sie mal, junger Mann.«

Aufstehen? Platz machen? Unmöglich! Mit dem ganzen Wodka, der hin- und herschwappte? Unmöglich!

Also sah der alte Alex die bläulich schimmernden Haare im Pudelpelz an, kapierte aber nichts. »Wir klappen nicht zusammen, in Ordnung? Wir werden nicht auffällig, klar?« sagte das Stimmchen, das in seinem Wodkahirn schwamm. An einem gewissen Punkt unternahm er diese unvorstellbare Anstrengung, den bläulichen Pudel anzulächeln, und von außen betrachtet war sein Ausdruck voll neorealistisch, und er lächelte genauso, wie ein Erdbebenopfer vor seinem Haus in Trümmern, unter denen seine taubstummen Töchter begraben sind, den Minister für Zivilschutz anlächelt.

Okay. Der alte Alex sah die ganze Via Farini und die Piazza Cavour in Zeitlupe vorbeiziehen. Er würde nie zu Hause ankommen, das wußte er genau. Oder vielleicht in vier oder fünf Stunden. Er würde *schneckenlangsam* ankommen.

So langsam.

Und die Alten im Bus würden ihn in Stücke reißen wie in Clockwork Orange, wo zwanzig oder dreißig adrige und haarige alte Hände den wunderschönen strahlenden Teenager packen und ihn niedermetzeln und ihm die Haare rausreißen und den ganzen Rest. Und sie zerfetzen ihn aus Neid, weil sie sind verdammt und ewig alt und er nicht. Er ist verrückt und jung.

Die Stimmen der Menschen mit den adrigen und haarigen Händen drangen zu ihm. Einige kamen von unter Wasser, klar, aber die meisten doch aus dem hinteren Teil vom Bus. Die Stimmen schimpften auf Jugendliche unter Drogen, daran konnte kein Zweifel sein. Und der einzige Jugendliche unter Drogen in der näheren Umgebung, der einzige Süchtige, der sich mit Hilfe des Entwerters auf den Beinen hielt – verpißt euch, ihr Arschlöcher –, war er.

Dann die heisere Stimme eines Haarigen unter Wasser – der alte Alex sah ihn nicht, weil er war ja unter Wasser, logo, doch mit Sicherheit hatte der Heisere einen Bauch –, also der untergetauchte Heisere regte sich über die Verkommenheit und den Sittenverfall auf, weil als er jung war, zu seiner Zeit, da gab es so etwas nicht. Zusammengekrümmt sah sich der alte Alex die Spitzen seiner Schuhe an. Dann kam noch was über die Züge, die früher pünktlich fuhren. Schön.

Und draußen war ein bißchen Zoo, ein bißchen Zirkus: all die Vierzehnjährigen in der Via D'Azeglio mit den neuen Vespas und den Tussis, die mit Rumhuren anfingen. Skateboard-Helme, Playground-Schuhe . . .

Pünktliche Züge in Hitzewellen und Schweiß.

Ein anderer Untergetauchter: »Entschuldigung, junger Mann, aber dürfte ich vielleicht an den Entwerter?«

»Lassen Sie ihn doch. Dem armen Jungen geht es schlecht.«

Drogen. Verkommenheit.

»Seid ihr blöd oder was? Ich fahre zum Essen nach Hause. Ich habe euch nicht eingeladen.«

»Wenn es Ihnen schlecht geht, fahren Sie einfach hoch bis zum Krankenhaus!«

»Das ist doch nicht richtig. *Zuerst* tun sie, was sie wollen, und *dann* fallen sie anderen Leuten zur Last.«

»Der arme Kerl tut mir einfach leid. Ich bin schließlich Mutter.«

»Manchen Kummer kann nur eine Mutter verstehen . . .«

»Ja, ja, aber ich muß an den Entwerter. Was ist, wenn der Kontrolleur kommt?«

Wußten sie nicht, daß dem alten Alex Tausende von Zwergen in den Haaren hingen, die ihm mit Tausenden von Meißeln und Hämmerchen den Kopf zertrümmerten? Der Heisere beschloß, die Tiefen des Abgrunds zu verlassen, und zeigte sich in all seiner plumpen Herrlichkeit, und die Alten, die um ihn herumschwammen, mögen gedacht haben, daß der Heisere schließlich doch Mut habe; und manche der anwesenden Frauen in der Menopause wurden sicher von den gleichen unbezähmbaren Zuckungen geschüttelt wie sechzehnjährige Mädels, wenn Tom Cruise mit bloßen Händen den Räuber niederstreckt, oder?

Klein und kahl. Mit gewehrlauffarbenen Koteletten. Um die Sechzig. Auf dem besten Weg, wütend zu werden.

›Uh‹, dachte der alte Alex und umarmte weiter den Entwerter. ›Uh, jetzt schlägt er mich, jetzt donnert er mir eine in den Bauch, und ich sacke zusammen und schlage mir den Kopf auf. Das ist aber nicht richtig, meinen Zustand so auszunutzen‹, sagte er weiter zu sich selbst.

Der Heisere trug einen von diesen schlammfarbenen Straßenanzügen. Ein blauer Pulli Modell Bologna schaute unter der Jacke hervor: »Also entschuldigen Sie, junger Mann, aber hier sind eine Menge Leute, die an den Entwerter möchten. Das ist ihr Recht, nicht wahr?«

Uh. Bestimmt, aber freundlich.

»Sieh an, Sie sind ja bestimmt, aber freundlich«, röchelte der alte Alex, während die Zwerge sich mit den Hämmerchen zu schaffen machten und seine Backen in der Sonne glühten.

So, wie er geröchelt hatte, mußte man ihn wohl für vollkommen gestört halten.

»Sie sind einer *Menge* Leute im Weg, junger Mann. Machen Sie Platz.«

›Hören Sie‹, überlegte der alte Alex. ›Sie erinnern mich an diese Zeilen . . .‹ Uh. ›. . . Ich weiß nicht, was ich will, aber ich weiß, wie ich's bekomme. Und ich will zerstören, wenn das geht . . . Das ist ein altes Lied. Tanzbar. Es heißt Anarchie in Italien. Kennen Sie es?‹

In diesem Moment begann der Chor der alten Damen

von Bologna, die ihm alle irgendwie nebelhaft wie Nachbarinnen seiner Großmutter vorkamen, mit »Aber er ist doch noch so jung . . .« und »Der Arme, wir sollten das Rote Kreuz rufen«, während die zwischen dem Einstieg hinten und der letzten Sitzreihe versammelten Mutterstimmen mit »Ja, ja, sie fangen früh an, aber sie haben ja auch alles!« und »Von wegen Rotes Kreuz, die *Polizei* sollte man holen!« einfielen.

Alex lächelte wieder sein mattes und neorealistisches Lächeln, und der Heisere, der ihm gegenüberstand, hatte sich noch nicht entschieden, ob er auch lachen oder ihm eins in den Magen donnern sollte. Während man im Inneren vom Bus in solchen Wogen der Unentschlossenheit versank, hatte sich die Welt draußen bis zur Kreuzung von den Alleen und der Via Saragozza gedreht, und der alte Alex war von unsichtbaren Händen auf einen freien Sitz gedrückt-geparkt worden, von einer barmherzigen und gepflegten Hausfrau, einer von denen, die viel Zeit beim Friseur verbringen.

Auch weil heutzutage die Frau – meditierte der alte Alex, auf seinem Sitz halb nach hinten gedreht – immer mehr Aufmerksamkeit braucht, um sich an ihren Mann gebunden zu fühlen. Am Nachmittag regnet es
dummes Zeug.
Alles
hatte sich jetzt beruhigt.
Off.

Aus dem magnetischen Archiv des Herrn Alex D. Daß ich übel drauf bin, weiß nur ich allein. Aber wer zum Teufel auch immer diese Kassette im Jahr 3000 hört, der soll wissen, daß zur berühmten Adoleszenz auch solche Nachmittage gehörten, weil ich meine, auch im Jahre 3000 gibt's Kids, die durchhängen, und Eltern, die nicht wissen, warum.

Durchhängen. Das passiert mir ziemlich oft in dieser Jahreszeit, wo du wach wirst, und der Himmel ist grauweiß, und mittags ist der Himmel grauweiß, und abends ist der Himmel grauweiß, und wahrscheinlich sogar nachts, hinter dem Rollo, ist das Grau immer noch da und sieht dich an, immer gleich, als wäre es ein Leben lang sechs Uhr nachmittags, vom Wachwerden bis zum Zubettgehen, schwarz vor Ärger, weil du die ganze Zeit schlecht drauf warst.

Abgesehen vom Sommer ist der Rest des Jahres für mich fast immer so, also nehme ich mein Bike und nicht den Bus, denn wenn du bei der Kälte, daß die Spatzen auf den Ästen festfrieren, in die Pedale trittst, fühlst du dich lebendig. Wenigstens hast du das Gefühl, du machst was, das ein bißchen strange ist, aber auch heroisch und einsam.

Ich bin hier, Dienstag nachmittag, hänge auf dem Bett herum, Bauch in die Luft; voll para unter den gigantischen Fotos von Malcolm X und den Pistols, höre das Demo von den Splatter Pink, das mir der alte Hoge geliehen hat; habe für morgen nichts getan; schlage mit der Schaufel den Schuldkomplexmaulwürfen auf den Kopf, die ständig überall rauskommen.

Ich höre die Madre, die im üblich besorgten Ton am Telefon redet. Sicher ist der Kanzler am anderen Ende. Und sicher sprechen sie über den Herrn Alex D. Aber ich muß nicht mitbekommen, was sie sagen.

Ich weiß es ja schon. Er vergeudet seine Zeit. Vertut sie. Tut nie was. Und in der letzten Zeit, wirklich.

Meine Hände gleiten über die Waden, in Fötuslage, mit geschlossenen Augen. Ich spüre die harten Härchen.

Man kann die Worte fast nicht verstehen, auf dem Demo der Splatter Pink. Der Bassist, D. D. Bombay, ist ein echter Maniac, wie ja eigentlich fast alle Hardcore-Bassisten.

Die amerikanische Schreibweise wäre auch schön, die würde ich an seiner Stelle nehmen: Dee Dee Bombay, wie Dee Dee Ramone, der beliebteste der vier Brüder.

Die Grafik vom Booklet innen ist ziemlich scheiße, die eingescannten Fotos sind zu verschwommen, um wirklich eine Idee von einer Band auf der Bühne zu geben . . .

(. . . Es ist besser, sich am Anfang zu überlegen, wer wirklich auf deiner Seite ist, wenn dir, um die Verhältnisse umzustürzen, auch Leute recht sind, denen du ins Gesicht spucken solltest, dann kannst du mir nicht kommen und sagen, es ist eure Schuld, wir sind uneinig, zu viele Arschlöcher hier unter uns, und das weißt du, sich isolieren kann helfen, die Scheißer unter uns rauszufinden, es gibt immer einen, der bereit ist, mit deinen Forderungen solidarisch zu sein, und dann entdeckst du eines Tages, daß er schlimmer als die anderen geworden ist, du siehst, daß er akzeptiert, was er vorher abgelehnt hat . . .)

Dee Dee Bombay.

Der alte Dee Dee würde Martino vielleicht für ein Arschloch oder einen Scheißer halten. Wegen seiner sozialen Klasse, seiner Gleichgültigkeit. Vielleicht würde Dee Dee Bombay sagen, ich soll mich isolieren . . .

Klar, in der Schule bin ich isoliert. Mit meinem Grüppchen von Red Catholic Punk Freunden, und wir sind absolut nicht drauf aus, uns mit den anderen zu vermischen. Mädels zu Mädels und Red Catholic zu Red Catholic, lieber Himmel . . .

»Glaubt ihr eigentlich, ihr seid was *Besseres*?« fragen die Liberalsten, die Mutigsten. Nein, was für ein Geschwätz, überhaupt nicht. Aber wir glauben, wir sind anders als die Mehrheit der Zombie-Schüler des Caimani-Gymnasiums. Ja Scheiße, das schon. Wir halten uns nicht für was Besseres, aber sicher ist, daß wir glauben, die einzig mögliche Entscheidung zu treffen, oder zumindest die logische, und uns einen Dreck um die Mafia-Warnungen der Lehrer kümmern, uns, soweit das geht, Respekt verschaffen und den Lehrern klarmachen, daß sie uns nichts von Reife erzählen können, wenn sie sich nie bei einer Schulversammlung blicken lassen oder wenn sie, um die Ordnung aufrechtzuerhalten, zwischen den Bänken durchgehen, Bücher beschlagnahmen, die für ihr Fach nicht unbedingt notwendig sind, und versuchen, sich durch Ultradisziplin Aufmerksamkeit zu sichern, und nicht dadurch, daß sie ihren Unterricht ein bißchen interessant machen . . .

Sie schauen dich schief an, wenn sie erfahren, daß du von dir aus andere Sachen liest. Wenn sie merken, daß du den Kopf hebst, aus der Herde ausscherst. Diese Scheißer will ich nicht unterstützen und nicht mit ihnen befreundet sein: ihre bekackte Ironie und ihr soziales Getue können sie sich wirklich ans Knie nageln.

Meine Freunde und ich sind für ihr Spiel verloren, endgültig.

Nein, wir glauben nicht, was Besseres zu sein. Klar machen die Eltern mir Vorwürfe und meinen, ich würde mich zu sehr mit allen anlegen, und die anderen in der Schule halten uns im Schnitt für Wichser, weil wir doch ruhig sein und mühelos mittelmäßige Noten abzocken könnten, statt uns so viele Probleme zu machen.

Rinaldi oder Martino würden es vielleicht nicht gut

finden, aber ich denke wirklich, ich sollte dem Rat des alten Dee Dee Bombay folgen.

Ich bin es leid, Kompromisse zu machen.

Oder vielleicht leide ich einfach nur unter Müdigkeit.

Okay. Kinospannung. Irgendwann kam ein Nachmittag mit Kopfschmerzen, der noch viel grauer war als die anderen. Einer der Nachmittage, die damit vergehen, zehn Minuten zu lernen und bei jedem neuen Absatz aufzustehen, um sich eine Dosis Videomusic reinzuziehen, den Anfang des nächsten Clips abzuwarten, wenn er blöd ist, steh ich auf, wenn er gut ist, seh ich ihn mir an . . .

Zum Schluß hatte Alex stundenlang vor dem Fernseher gehockt, weil er, so fertig wie er war, keinen Zacken Lust hatte, sich mit dem Pantheisten Spinoza, dem Skeptiker Hume und einer vom Vorbesitzer von vorn bis hinten unterstrichenen Geschichte der Philosophie ins Zimmer zu verkriechen.

Dann: das Telefon. Und es war nicht der Kanzler, der aus Rom anrief, um zu erfahren, ob alles in Ordnung sei und die Familie gesund und munter.

Es war Aidi.

Er hatte schon eine Weile auf diesen Anruf gewartet, der alte Alex, doch jetzt wußte er nicht, was er sagen sollte . . .

(Das Wesentliche ist für die Augen unsichtbar, sagte der Fuchs.)

»Ciao, Alex . . . Ich habe deinen Brief bekommen. Wie geht's dir denn wirklich?«

»Wirklich?«

»Ja. Wie geht es dir?«

»Schlecht geht's mir, Aidi. Wie sollte es mir denn sonst gehen.«

». . .«

Er hörte sie atmen.

»Ich will . . . ich *möchte*, daß wir uns wieder treffen.«

Okay. Jetzt war er *froh*. Aber würde das helfen?

Okay, es lief gut. Man mußte es versuchen. Mußte es versuchen und basta, denn er freute sich ja schon, wenn er sie nur sehen, sie berühren, ihr still in die Augen schauen konnte.

»Alex?«

»Du hast mir weh getan, Aidi.« Uh. »Verdammt weh getan, und du hast mir gefehlt . . .« Uh. »Ich dachte, es ist alles vorbei, aber ich wußte, das kann nicht sein. Denn du«, verzeiht verzeiht verzeiht, »bist *anders* als alle anderen Mädchen, die ich kenne . . . Wenn wir uns in der Schule auf dem Gang begegnet sind, wußte ich, daß du Theater spielst; wenn du vorbeigegangen bist, ohne stehenzubleiben und mit mir zu reden, wußte ich das, und du wußtest das auch sehr gut. Warum also?«

»Es tut mir leid, und ich schwöre dir, das ist nicht nur so dahingesagt, ich schwöre, ich fühle es hundert Prozent. Ich habe gemerkt, daß ich mich verdammt scheiße verhalten habe . . . aber ich habe es nicht getan, um dir weh zu tun, glaubst du mir das?«

». . .«

»*Alex, glaubst* du mir?«

»Was soll ich sagen? Daß du's nicht extra gemacht hast, um mir weh zu tun, das glaube ich, wenn du es sagst, aber ich möchte kapieren, welchen Sinn diese ganze Geschichte hat oder gehabt hat. Mir damals an dem Abend nicht zu antworten, nichts mehr von dir hören zu lassen, mich überhaupt nicht mehr zu beachten . . .«

»Ich habe einfach Angst gehabt, ich schwör's dir . . . Das alles habe ich nur für uns beide getan. Alex . . . Ich fühle mich nicht dazu imstande, mit dir zusammenzusein . . .«

»Das habe ich auch schon eine Minute, nachdem ich dich gefragt hatte, kapiert.« Uh.

»Aber du darfst mich nicht mißverstehen, ich bitte dich. Ich fühle mich nicht imstande, mit *irgendeinem* zusammenzusein, ich fühle mich nicht danach, mich zu eng an einen Menschen zu binden und eine Art geschlossene Welt zu schaffen, in die niemand anderes eindringen kann . . .«

»In Ordnung, Aidi.«

»Aber was ich dir sagen möchte, hör mir bitte zu, ist, daß ich dich sehen will, was mit dir unternehmen will, mit dir weggehen will. Ich habe gemerkt, daß es mit dir seltsam ist . . . Ich fühle mich nicht danach, mit dir zusammenzusein, aber in gewissem Sinn sind wir darüber hinaus. Ich fühle dich in mir drin, Alex, ich verstehe dich, und du gefällst mir . . .«

Prächtig. Ballert jetzt einfach wie wahnsinnig ein bißchen mit dem Revolver auf mich. Danke. So die Art My Way von Vicious. Eröffnet das Feuer, wann immer ihr wollt.

». . . Aidi, ich schwöre dir, ich war wirklich . . . sagen wir *kaputt*. Ich war gnadenlos sicher, daß ich untergehe in dem ganzen verdammten Zeug, so in der Preislage er ist gerade von einem Mädchen sitzengelassen worden hat keine Lust zu lernen die Schule macht ihm keinen Spaß und er hat viele Freunde um sich herum aber richtige Freunde denen man sich anvertrauen kann die sind brutal selten. Er hat kein Ziel im Leben. Glücklich sein vielleicht, aber allein von der *Idee*, daß er das sein könnte, ist er ewig weit weg. Und um einen herum geht alles, wie es immer gegangen ist, und vielleicht geht es auch immer so weiter. Alles ist wahnsinnig vorhersehbar, das habe ich schon in hundert Filmen miterlebt, und alle sind gleich, und ich fühle mich wie eine Figur aus einem Buch, das mir nicht gefällt, und ich hasse den Autor, der mich diese Sachen machen läßt, die ich nicht ausstehen kann und die mich nicht eine Spur glücklich machen . . .«

Okay. Wir glauben, er sollte jetzt *aufhören*, bevor es zu spät ist. Wie auch immer, verzeiht ihm. Ihr braucht auch mir nicht mehr zuhören. Eröffnet das Feuer und basta.

». . . Alex, aber genau das wollte ich dir sagen. Ich glaube, daß wir beide irgendwie, ich weiß auch nicht, aber wir könnten aus dem Buch ausbrechen. Ich fühle mich schuldig, wegen allem, was in den letzten Tagen passiert ist, und ich hätte es dir gern gleich gesagt, aber ich hatte zuviel Angst, daß du nichts mehr von mir wissen willst, oder von uns . . .«

»Aber das stimmt doch nicht, Scheiße. Auch wenn wir nicht zusammensein können, das ist nicht schlimm. Wir müssen jetzt einfach beide einen Platz außerhalb des Buchs finden.«

Auf Uranus vielleicht.

»Wollen wir uns am Samstag abend sehen, hättest du Lust? Wir können reden oder machen, was uns gefällt.«

Er hatte Lust, und wie er Lust hatte.

»Aidi, mir gefällt es, mit dir zu reden. Und auch, mit dir zusammen in deinem Zimmer auf der Fensterbank zu sitzen, deine Hand zu halten und den Himmel anzusehen.«

Aber echt.

»In Ordnung, wirklich. Ich bin froh, Alex. Ich schwöre dir, das sage ich nicht einfach so dahin.«

Klar.

»Ich bin auch froh, Aidi, verdammt müde und verdammt froh. Und ich wünschte mir, morgen wäre Samstag, aber es ist ein ätzender Donnerstag in der Schule.«

Voll finsteres Gesicht.

»Wie sagt doch der Fuchs zum kleinen Prinzen: Wenn noch eine Stunde bis zu unserer Begegnung fehlt, werde ich schon anfangen glücklich zu sein, und immer ungeduldiger . . .«

»Ich hoffe auch, daß es schnell Samstag wird.«

Und dann waren sie still, mit dem Hörer in der Hand, wenigstens eine halbe Minute, und hörten sich beim Atmen und beim Lächeln zu.

». . . Aidi?«

»Ja?«

»Morgen in der Schule, wenn wir uns sehen, bitte komm mir entgegengelaufen. Ich habe es mir die letzten Tage immer gewünscht, und es ist nicht passiert . . .«

Okay. *Feuer*!

»In Ordnung, Alex.«

»Versprochen?«

»Klar. Versprochen.«

»Ich bin glücklich, Aidi. Jetzt gehe ich schlafen. Und ich werde das Gefühl haben, es war ein Traum.«

»Ein schöner Traum?«

Aber das ist doch *klar*.

». . . Ein wunderschöner. Ciao, Aidi.«

»He, Alex.«

»Ja.«

»Ich hab dich gern.«

Uh.

Zweitens

Adelaide wohnte im Park vom Seminar

Adelaide wohnte im Park vom Seminar, oben auf dem Hügel, außerhalb Porta San Mamolo, und die Steigung der Via Codivilla, die man hinter sich bringen mußte, um zu ihr zu kommen, war eine von der Art, daß Alex dort niemals Spaziergänge mit Babys in Kinderwagen machen würde.

Nicht daß er normalerweise mit kleinen Kindern unterwegs wäre, doch wenn er sich vorstellte, daß ihm aus irgendeinem Grund der Kinderwagen aus den Händen gleiten, mit hundertfünfzig Sachen und einem langgezogenen Heulen talwärts rasen und an einem Baum oder einem Auto zerschellen würde, mußte er sofort an Fantozzi, diesen Trottel aus dem Film, denken.

Bei dieser Fantozzi-Geschichte lief es ihm kalt den Rücken runter.

Eine Art hysterische Reaktion, meine ich.

Na ja, auch diese komischen Tage gingen vorbei, und von Martino keine Spur, kein Anruf und nichts. Es wurde immer wahrscheinlicher, daß er nicht zum Abitur zugelassen würde, jedenfalls hatte der alte Alex das gerüchteweise gehört – aber auf den Korridoren der Schule ließ sich Martino nicht blicken, und Alex kümmerte sich auch nicht groß darum, ihn zu suchen, denn dies waren voll spätadoleszente Tage, wenn man recht darüber nachdachte, und der alte Alex war an den Nachmittagen immer sehr beschäftigt, sagen wir mal er kam gegen halb sieben zu Aidi nach Hause, dann blieben sie ein Stündchen zusammen auf der Veranda oder im Zimmer, und manchmal versteckten sie sich im hohen Gras der Wiese, lagen auf dem Rücken ausgestreckt, um die weißen Streifen der Flugzeuge zu betrachten, die zwischen Moskau und New York flogen. Wenn unser Crack so neben Aidi im Gras lag und ihre Hand hielt, war er aufgekratzter als in den sporadischen hocherotischen Momenten, die er bisher erlebt hatte. Es war alles so neu, sauber, frisch, dachte unser Crack. Und auch ein bißchen wie in einem Buch, dachte er. Mit einem schon jetzt festgelegten Tag, an dem sie auseinandergehen müßten, auch wenn er das Drum und Dran noch nicht klar überblickte und noch nicht abschätzten konnte, wie es mit der Sehnsucht sein würde. Bestimmte Blues-Rhythmen zu lernen, dazu würde später noch genug Zeit sein, okay, so *bescheuert* war er nicht, das war schon klar. Deshalb versuchte er, möglichst wenig daran zu denken.

(Die alten Geschichten von Aidi. Die alten Geschichten von Alex.)

Es kam ihm so komisch und verwirrend vor, daß sie nicht wirklich zusammen waren . . .

Aber jedenfalls fand es unser Crack witzig, ohne Zurückhaltung über all die Mädchen zu sprechen, die ihm nicht schlecht gefielen und ihn interessierten und so; doch wenn sie über Jungs redete, ärgerte er sich immer. Wenn Aidi sagte, daß der eine oder der andere *niedlich* sei, ging ihm das nicht besonders hart an – uuuh! –, aber wenn er sich vorstellte, daß sie tatsächlich mit ihm gehen könnte, war ihm klar, daß damit ihrer – mein Gott – *Beziehung* sofort ein tödlicher Stoß versetzt würde. Sich selbst hielt unser Crack dagegen für absolut in der Lage, beides unter eine Kappe zu bringen: Aidi und *alle* anderen möglichen Mädchen.

Na gut, sie sprachen darüber, versteckt im hohen Gras.

»Vielleicht möchtest du einfach mit mir zusammensein, und damit dein Stolz nicht verletzt ist, mußt du auch an andere Mädchen denken, wie um dir zu beweisen, daß du auch die und die und noch eine andere kriegen kannst, wenn du willst . . .«

»Vielleicht stimmt das«, mußte er zugeben, der alte Alex, unser unsterblicher Rocker. Sie sahen sich aus einer Handbreit Abstand weiter in die Augen, und dann wechselten sie das Thema, lachten oder wurden wieder ernst oder lachten in kurzen Wellen, bis der alte Alex wieder auf sein Bike und ab nach Hause mußte. Gewöhnlich, wenn er gerade den Abflug machen wollte, kam Aidis Mutter mit Federico, dem kleinen blonden Bruder Aidis, den sie aus dem Kindergarten abgeholt hatte, in ihrem roten Mini nach Hause. Sie war sehr nett, die Mutter, und er bewunderte sie wirklich, weil sie die Familie allein durchzog.

(Ihm schien, daß er ihr ziemlich sympathisch war oder so was in der Art.)

Federico hatte eine Plastikpistole, mit der er gelbe Kegelgeschosse auf Würfel mit aufgemalten Punkten als Ziele abfeuerte; er war ziemlich gut, auch wenn er zum Laden ein bißchen lang brauchte. ›Wenn Federico in ihrem Alter wäre, also sechzehn-siebzehn, würden seine Schwestern Aidi und Chiara ganz draußen sein aus der jugendlichen Welt von Pizzerien, Konzerten und Universität‹, dachte der alte Alex. ›Wer könnte sagen, ob sie sich dann noch sehen würden?‹ Einstweilen brachte er ihm ein Heftchen für Kinder mit und las ihm ab und an ein bißchen was vor.

Es blieb dabei, daß zwischen Aidi und ihm körperlich nichts lief – sie küßten sich nicht mal auf den Mund, diese Piraten! –, doch davon abgesehen zog Aidi immer klasse weiße T-Shirts an, und dann hörten sie die ganze Zeit Softrock Typ Housemartins oder italienische Liedermacher aus den Siebzigern. Außerdem spielten sie Memory und Shangai.

Alex verlor immer. Ständig überdreht und aufgekratzt und unruhig, wie er war, konnte man bei Shangai nicht gewinnen.

Und sie redeten und redeten. Sie redeten über Dinge, die sie noch nie jemanden gefragt hatten – an den Nachmittagen, die sie ausgestreckt auf dem Teppich oder im Hof sitzend verbrachten, um sich vergangene Sommer und Aufregungen für ein verregnetes Morgen zu erzählen. Alex sagte immer wieder, daß er Ende Juni, wenn sie weg sein würde, wahnsinnig traurig wäre. Aidi lächelte, sagte aber nichts.

Er fand es ein wenig schade, daß nicht auch sie sagte, daß sie endlos traurig wäre, ihn ein ganzes Jahr lang nicht zu sehen, doch das dauerte nur einen Augenblick: unser Crack sah hoch, und da war sie wieder: Aidi, ohne Adjektive.

Manchmal waren sie auch still, lagen sich auf dem Bett in den Armen und spürten nur ihren Atem. (Es war die sanfteste und verdammt intensivste Stille, die der alte Alex je erlebt hatte.)

Außerdem ging er ab und zu noch nach dem Abendessen zu ihr. Manchmal mußte er dafür seine Ex-Scout-Freunde versetzen, und das tat ihm ein bißchen leid.

(Er hatte nur mit den vertrautesten Rockern über Aidi gesprochen.)

Im allgemeinen schlief Federico um diese Zeit schon, und Aidis Mutter war außer Haus oder sah im oberen Stockwerk fern. In jedem Fall durfte man keinen Lärm machen. Sie beide steckten eine Kerze an und stellten sie auf den Küchentisch. Auf ein Tellerchen ließen sie ein bißchen Wachs tropfen, damit sie fest stand.

An Abenden voller Wahnsinn stürzten sie sich kopfüber in ihre Beziehung: wie anders sie war, ihre Beziehung, anders als Freundschaft und als sonst irgendein Gefühl oder etwas, für das es schon Worte gab.

(Es endete immer damit, daß unser Rocker sich schlecht fühlte.)

An Abenden voller Licht dagegen hatten sie sich so gern wie in gewissen genialen Romanen und sprachen von Caulfield und Jane und strahlten vor Glück, wenn sie sich nur die Hand hielten.

An jenen Abenden im Frühling, wenn sie am Küchentisch saßen, bei leiser Musik und Kerzenlicht, überall um sie herum Bücher verstreut, begann Alex zu begreifen, was Glück war; und vielleicht hatte er auch diesen Halbgott mit dem Pfeil schnell und leise wie einen Schatten draußen vor dem Fenster vorbeilaufen sehen. Jedenfalls war es ihm irgendwie so vorgekommen. Aus dem Abstand von Monaten, als Aidi schon jenseits des Ozeans war, hatte er absolut keinen Zweifel mehr daran. Uh, er war es. Er war es wirklich . . .

(Im Licht dieser wunderbaren Kerze hatte er zum ersten Mal die gewaltige Kraft gespürt, die in uns steckt.)

Still Aidis Lippen, ihr Haar, ihre Hände im Licht dieser Kerze zu betrachten war ein so starkes Gefühl, wie sich auf die Gleise zu legen und eine Lokomotive mit der Kraft seiner Beine aufzuhalten oder stundenlang in einem Meer – verzeiht – aus *frischem Pfirsichtee* zu treiben. Er war Shane MacGowan, der besoffene heilige Punkpoet, der aus dem Zugfenster schaut und sieht, wie die letzten Wagen ihm folgen, ohne daß sie ihn je erreichen können.

Aber all das sollte dem alten Alex erst später klar werden, denn in jenen Tagen fühlte er nur ein Wahnsinnsgemisch aus Glück und Unruhe, das er bis dahin nicht kannte. Aidi schien ihm eine Lichtfee, ein unergründliches Wesen, und die Sonnenseite der Straße, The Sunnyside Of The Street, Shanes Stimme zur Musik der Pogues, war ihre liebste Kabbala: ich will nichts weiter als für immer da bleiben, wo ich bin, auf der Sonnenseite der Straße.

Aidi meinte, daß die Augen von Alex jedesmal leuchteten, wenn sie das hörten, versteht ihr.

Eines Morgens hatten sie sich für Viertel vor acht an der Porta San Mamolo verabredet, und er hatte ihr fluoreszierende Klebesterne geschenkt; am Nachmittag hatten sie die zusammen auf den Schrank neben ihrem Bett geklebt, um – verzeiht ihnen und dann erschießt sie – ihre Sternzeichen darzustellen, Skorpion und Fische. Als sie zur Schule fuhren, trat unser Muskelbündel von Radfahrer mit voller Kraft in die Pedale, und sie fuhr auf ihrer Vespa hinterher. Sie lachte, sagte, daß es komisch aussah, als der alte Alex auf dem kaputten Pflaster der Via d'Azeglio aufstand und im Stehen radelte.

An einem Nachmittag im März, bei Feltrinelli, hatte sich Alex alle Belletristik-Neuerscheinungen angesehen, die Taschenbücher, und dann hatte er ein Buch gekauft, in dem Schwarzweißfotos von den Clash waren, wie es 77 in London abging, bis zum Großen Finale, und während dieser ganzen Zeit hatte Aidi in einem Buch über Buddhismus gelesen. Als sie unter einer matten Sonne durchs Zentrum spazierten, erzählte ihm Aidi, daß Zen-Schüler manchmal Jahre dafür aufwandten, die Antwort auf ein einziges Koan zu finden. Unser Crack dagegen sprach über Joe Strummer, der Punksänger geworden war, obwohl sein Vater ein hohes Tier in der englischen Diplomatie war. Dann erzählte Adelaide über ihre Heimat, Sizilien, so unheimlich intensiv und ehrlich, daß Alex es nie vergessen würde. Aidi besaß mindestens ein Dutzend Bücher über die Mafia. Doch es waren nicht die Dinge aus den Büchern über die soziale Lage, die jungen Richter und die Superprozesse, sondern Aidis farbige Schilderung des Landes, des Meeres, des Vulkans, was Alex faszinierte. Er hatte das Gefühl, den Duft Siziliens einzuatmen, sogar als er wie ein Irrer auf den Alleen mit ihren Abgasen radelte. Zum Schluß stellte er es sich als glückliches Land vor. Leidenschaftlich. Er hatte sich entschieden: früher oder später würde er es sich ansehen.

In diesen Tagen hatte er das Gefühl, daß es ihm endlich gelungen war, eine bestimmte Zeile der Beatles zu kapieren, diese seltsame Zeile Happiness is a warm gun, die ihm bis dahin als eine etwas pittoreske Metapher erschienen war oder als gute Idee für ein Werbeplakat.

Was ihm durch und durch ging, war die Gewißheit, daß alles ins alte Buch abgestürzt wäre, daß er in den harten, dumpfen und rohen Garage-Rock, den er bis vor zwei Monaten gehört hatte, zurückgefallen wäre, wenn er oder

Aidi sich mit irgendeinem anderen zusammengetan hätte. Der alte Alex hatte es wirklich nötig, daß die Dinge noch ein bißchen so weitergingen. Noch ein bißchen, und er würde nie wieder wie früher sein; noch ein bißchen von dieser glücklichen Zeit, und er würde für immer aus dem Buch herausgeschleudert.

Noch ein bißchen Shangai mit ihr spielen, und es würde ihm gelingen, Kanzler Alex der Jahre, die da kommen sollten, auf die Matte zu legen. Noch bis Juni so, Gefühlsanarchie bis zu Aidis Abreise, und dann würde nichts mehr wie früher sein, egal was geschah.

Wenn nichts sie bis zu ihrer Abreise trennte, würde es sein, als wäre Ricky Cunningham Präsident der USA oder als brächte er den Einsatz von Foxy Lady mit der flammenden Strato voll präzise genauso wie auf der Platte vom alten Hendrix.

Ja. Unser Crack würde daran glauben.

Er würde alle Tage und für ewig daran glauben.

Er hatte den älteren Mann in der grauen Strickjacke beobachtet, wie er sich auf die dunkle Zone des Beichtstuhls zubewegte, bis schließlich das grüne Lämpchen über der Tür ausging und dafür das rote aufleuchtete. Im Widerschein des neuen, purpurnen Lichts wurde das Schildchen »Pater Fortunato« cyberpunkmäßig erschüttert. Dann hörte er den Mann hinter der angelehnten Tür nuscheln, während im Hintergrund die Ventilatoren surrten. Alex bekam nur Silbenfetzen und gequetschte Konsonanten mit, und von Zeit zu Zeit drang ein kurzer Anfall von Keuchhusten aus dem Bauch des Beichtstuhls. Dann hörten auch die Wortfetzen auf, und der Rentner in der grauen Strickjacke lugte hinter der knarrenden Tür hervor, schlich durch die Peripherie des Kirchenschiffs davon und gab das Feld frei.

Im Inneren des Beichtstuhls lag der schwere Atem von Pater Fortunato, starke menschliche, allzumenschliche Dünste, und unser Alex vergewisserte sich, daß die Tür angelehnt war und er das Kirchenschiff voller Rentner, die im Chor das Lied vor der Kommunion sangen, hinter sich gelassen hatte. Das halbe Dutzend Exemplare vom Reuegebet, das den dämmrigen Raum möblierte, würdigte er nur eines kurzen Blicks.

»Gelobt sei Jesus Christus, mein Sohn.«

»In Ewigkeit. Amen.«

Alex erkannte undeutlich das Gesicht des Kapuzinerpaters hinter dem Löcherkreuz in der Trennwand aus Metall, durch die die Kommunikation zwischen den Seelen verlief. ›Es wäre leichter, über bestimmte Fragen zu reden, wenn zwischen uns und dem Beichtvater nichts wäre‹, dachte der alte Alex.

»Nun, wie geht es uns?«

Der schlechte Atem von Pater Fortunato konnte einen manchmal schon umwerfen.

»Also insgesamt würde ich sagen: ziemlich gut.«

Aus dem magnetischen Archiv des Herrn Alex D. Dies ist einer meiner liebsten Wahnzustände: Seit ein paar Jahren fühle ich mich immer, wenn ich einen Beichtstuhl betrete, aufgedreht, euphorisch und gut drauf. Mir fallen eine Menge Sachen ein, hauptsächlich Streiche, die man den Priestern in ihren Käfigen spielen könnte, meinetwegen sich als Affe verkleiden oder irgendein Tier loslassen.

Damit ich es schaffe, mich zurückzuhalten, wenn mir ausgeflippte Ideen dieser Art kommen, zwinge ich mich jedesmal, an Blutbäder, Schlachtfelder und Soldaten im Todeskampf zu denken. Schließlich habe ich mich selbst bis zu dem Punkt konditioniert, daß ich mir jetzt immer einen bestimmten Soldaten vorstelle (es ist wie ein Projektor im Hirn, der die Bilder innen auf die Stirn wirft), einen Nordstaatler, schwerverwundet, der auf dem Bauch liegt, mit weißen Handschuhen, Hosenträgern über seinem blauen Soldatenrock, zerzaustem Haar und einem Zehntagebart. Er hat ein gelbes Tuch um den Hals, und seine Augen sind halb geschlossen. Das ist eines der am häufigsten wiederkehrenden Bilder in meinem Kopf. Vielleicht stammt es aus einem Comic, den ich gelesen habe, als ich klein war. Oder vielleicht, aber das ist weniger wahrscheinlich, ist es ein Bild aus einem Film.

»Wann war deine letzte Beichte?«

»Uh. Vor zwei oder drei Monaten. Vielleicht vier.« Er log nicht bewußt.

»Und was hast du mir zu sagen?«

»Uh. Ich würde sagen, es geht ziemlich gut. Ich glaube nicht, daß ich irgendeine besonders schlimme Sünde begangen habe. Klar, manchmal, in der Familie, da habe ich nicht viel geholfen. So gut wie nie, glaube ich. Ja, richtig, in der Familie habe ich nie geholfen. Und manchmal bin ich nicht besonders geduldig mit meinem Bruder, also wenn er mich fragt, ob ich ihm bei den Hausaufgaben helfen kann oder so. Ich habe ihm gesagt, ich mache meine allein, da kann er seine auch allein machen. Stimmt doch, oder? Aber vielleicht hätte ich netter sein können. Und dann manchmal der ein oder andere Witz. Der vielleicht dem, der drunter zu leiden hatte, hart vorgekommen ist . . . Der mir vielleicht auch hart vorgekommen wäre, wenn ich drunter zu leiden gehabt hätte. Wer weiß. Die eine oder andere Keilerei. Ein paar Schläge auf den Kopf, so aus Spaß. Doch ich wollte Sie etwas fragen . . .«

Pater Fortunato war immer noch da, völlig ungerührt, ein Dreiviertelporträt, die rechte Hand auf der Brust, am langen Bart, vermutlich tot.

». . . Also ich weiß nicht, ob darüber was in der Bibel steht, irgendwo. Vielleicht im Alten Testament, so in den Psalmen . . . Ich weiß nicht, aber mir kommt es so vor, in der letzten Zeit, ich meine in den letzten Wochen, als ob . . . Ich weiß nicht, als ob es *immer besser* geht. Als ob ich immer mehr ich selbst bin, voll ein Potential ausschöpfe, von dem ich bis dahin nur einen Teil genutzt habe. Steht darüber was in der Bibel, vielleicht in einem Spruch oder so? Heißt es da irgendwo, daß es manchmal so aussieht, als ob alles gut geht?«

Er hatte das Ganze ziemlich heftig rausgebracht, so ungefähr wie ein Teenager, der einem Polizisten ein Verbrechen schildert, das gerade vor seinen Augen stattgefunden hat. Er merkte, daß er den Eindruck eines Irren im vollen Wahn machte, aber das war ihm egal.

Pater Fortunato völlig ungerührt.

Sekunden. *Minuten* vielleicht.

Ganz ruhig.

Der alte Alex hätte sich auf Leopardenpfoten aus dem Beichtstuhl schleichen können, und Pater Fortunato hätte vermutlich nicht mit der Wimper gezuckt. Draußen herrschte jetzt die Stille der Kommunion, die Frauen mit Kopftüchern – »als Zeichen des Respekts«, hatte ihm die Madre immer gesagt, als er noch klein war – schwärmten in das Schiff und die Seitengänge aus; die Kinder in Bermudas und Wolljäckchen – »in der Kirche ist es kalt« –, verziert mit Matrosenschmuck wie Rettungsringen und Delphinen, scharrten, um sich auch einzureihen, während hinten ein Hund, den irgendein hirnloser Mensch in einem Schaffell mit in die Kirche gebracht hatte, laut bellte und ein Baby zum Schreien brachte. Aus der Ferne das Echo der »Amen«, jedes vom Klang und Tonfall anders, rhythmisiert durch das professionelle Flüstern des Zelebranten.

Alex riskierte einen kleinen Hustenanfall.

Vielleicht bewegte der Pater die *Lider*? Die Situation war ein bißchen paradox, daran konnte kein Zweifel sein.

Schließlich.

»Gut, mein Sohn. In der Bibel steht nichts Spezifisches dazu. Es ist dies ein Geist, eine Grundlage, die sich in der ganzen Bibel findet. Das Glück, die Besserung. Davon sprechen die Propheten, davon spricht auch Jesus . . .«

Okay. Dieses Winkeladvokatengerede begeisterte ihn nicht gerade, den alten Alex. Er hatte Lust zu fragen, *wo* die Propheten davon sprachen und *wo* Jesus davon sprach, denn vielleicht hatte sich Pater Fortunato ja alles ausgedacht. Doch angesichts einer drohenden zweiten Pause verzückter Reflexion verzichtete er lieber darauf.

Off. Er begann an die Fußballmeisterschaft zu denken, an der er zusehends weniger Interesse hatte. Als er kleiner war, hatte er sich alle Spiele im Fernsehen angesehen. Jetzt wußte er nicht mal mehr, wer an der Spitze der Tabelle stand. Manchmal bekam er mit, wie sein Bruder was kommentierte, kleine Geschichten erzählte oder was über Spitzenspieler sagte. Der war ein eiserner Fan, auch wenn der Kanzler ihn nicht ins Dall'Ara gehen ließ, »weil Stadien gefährlich sind«. Doch es handelte sich um ziemlich verstreute Nachrichten, Fetzen von Problemen, die ihn inzwischen nicht mehr interessierten.

Ein Satz, der im Ton nicht ganz so tödlich wie die anderen war, zwang ihn, seine abschweifenden Gedanken zu unterbrechen. ». . . Also *vorwärts*. Machen wir *so* weiter. Schreiten wir voran, doch denken wir immer daran, daß der Glaube gemeinsam gelebt werden muß. Daß der Glaube des Einzelnen nichts nutzt. Daß der Glaube des Einzelnen nicht bestehen kann. Wo zwei oder drei in seinem Namen zusammen sind, hat Christus gesagt, da ist er mitten unter ihnen. Also in der Familie. In der Schule. Am Arbeitsplatz. Also immer, wenn die Gemeindegruppe aktiv wird . . . Gut, mein Sohn. Zur Buße bete drei Ave Maria.«

Das hatte der alte Alex erwartet.

Als er noch klein war, mußte er immer zwei Ave Maria beten, doch als er mit ungefähr dreizehn entdeckt hatte, wie man unkeusche Akte begeht, und das der zuständigen

Stelle mitteilte, war aus dem Duo ein Trio geworden, um ihn von der Onanie abzubringen.

»Und nun verrichte das Reuegebet, mein Sohn.«

(Einmal, vor unzähligen Jahren, hatte der alte Alex das Reuegebet vergessen, und da war ihm nichts Besseres eingefallen, als im Beichtstuhl in Tränen auszubrechen.)

». . . Ich spreche dich los von all deinen Sünden, im Namen des Vaters, des Sohnes und des Heiligen Geistes.«

»Gut, also danke. Auf Wiedersehen.«

»Auf Wiedersehen, mein Sohn. Und danke, daß du gekommen bist. Und einen schönen Sonntag auch für deine Familie.«

»Ja. Danke, Pater. Auf Wiedersehen.«

»Ich danke dir, mein Sohn. Und auch dir einen schönen Sonntag.«

»Okay.«

Die Leute verliefen sich inzwischen, und ein Diakon mit Halbglatze fing mit den üblichen futuristischen Ankündigungen über die Aktivität der Pfarrgemeinde an. Der alte Alex blieb noch einen Moment, die glänzende Stirn dem Altar zugewendet, während die Ave Maria halbautomatisch abliefen.

Dann, auf dem Rad unterwegs nach Hause, wie ein vielleicht ein bißchen kleinerer und rockigerer Girardengo, auf der breiten Straße mit dem schönen Asphalt, radelte er zügig und hatte beste Laune.

Die Madre würde Tagliatelle in Sahnesoße mit Schinken und Erbsen, Kotelett und Karottenkuchen auf den Tisch bringen, und haargenau um drei Uhr würde er das Zielband auf der Steigung der Via Codivilla reißen und Aidi die Strahlende wiedersehen.

Die Luft war noch frisch, und unser Girardengo hatte die Hemdsärmel aufgekrempelt und ein paar geniale Songs der Pogues im Kopf.

Zwei Stunden später war er wieder im Sattel, der alte Alex, und radelte ultrazufrieden im Licht des frühen Nachmittags; ein Licht, das ihn für eine Sekunde an gewisse seltene, späte Augustnachmittage erinnerte, blau und klar wie nach einem Regen: die seltenen Tage eines bolognesischen Augusts, den Aidi in diesem Jahr nicht erleben würde.

Mit dem Rad ging es immer besser. Er hatte sich gesteigert, seit er begonnen hatte, die Via Codivilla hochzuradeln.

Beim ersten Mal war er bis zur Mitte gekommen, bevor ihm die Puste ausging. Er mußte absteigen und das Rad bis zum Gittertor schieben. Es war Abend und stockdunkel dort oben in den Hügeln; es war März, und in der Halb-neun-Uhr-Finsternis dieses Märzabends begann man den Duft des Frühlings zu spüren.

Die ersten Male kam Aidi herunter, um am Gittertor auf ihn zu warten. Der alte Alex erinnerte sich daran, wie sie auf der Vespa saß, lachend, mit dem Helm in der Hand. Dann schloß Alex das Fahrrad ab und fuhr mit ihr auf der Vespa hinauf. Aidi brachte ihn bis zum Seminarhaus. Sie fuhr gut, auch wenn sie im Jahr davor in Sizilien einen Unfall gehabt hatte: der alte Alex konnte nicht anders, ihm tat dieser kleine, schon Monate zurückliegende Unfall leid, obwohl er ja glimpflich abgegangen war und er ihn auf keine Weise hätte verhindern können.

Das Frühjahr ging ihm wirklich gut von der Hand, daran konnte es keinen Zweifel geben, und inzwischen hatte er gelernt, mit der Gangschaltung zu spielen, seine Kraft gut zu dosieren. Er schaffte es, bis zum Platz vor Aidis Haus zu kommen, ohne ein einziges Mal abzusteigen.

Er kam aus der Allee geschossen, bog nach rechts in die Via San Mamolo ab, und wie er auf der Höhe des Eisbüdchens in die Via Codivilla flitzte, wenn kein Verkehr war, das machte ihm keiner nach. Auf dem ebenen Stück beschleunigte er maximal, dann nahm er den steilen Teil in Angriff, unter den erstaunlicherweise gleichgültigen Blicken der wenigen Passanten und Autofahrer, die wie betäubt hinunter in die Stadt fuhren. Er versuchte, solange wie es eben ging, den großen Gang zu halten, das lange Treten, mit dem man mehr Strecke zurücklegt. Dann stand er auf und radelte im Stehen, wobei das ganze Fahrrad unter ihm schlingerte. Wenn er spürte, daß es zu steil wurde, wenn er kapierte, daß er nach zwei oder drei Umdrehungen einen Fuß auf den Boden setzen müßte, beugte er sich in der Kurve, normalerweise beim ersten Halteverbotsschild, nach vorn und schaltete mit dem Daumen herunter. Die Kette sprang auf das kleinere Zahnrad, und er trat wieder schneller in die Pedale, schob sich möglichst nah an den Straßenrand ran, an die Asphaltkante, um jedes überflüssige Stück Weg zu sparen: wenn er die Kurve hinter sich hatte, konnte er wieder im Sitzen radeln.

Sobald er die Reihen der parkenden Autos sichtete, setzte er sich ein Ziel, das er erreichen wollte, ohne aus dem Sattel aufzustehen: wenigstens bis zu dem weißen Golf kommen – gestreckte Arme, gebogener Rücken, hervortretende Hand- und Pulsadern, schwitzige Handflächen.

Wenigstens bis zu dem verdammten Golf kommen . . .

Er dachte an was anderes, sah auf den Boden, in diesen schwierigen Momenten: Wie heißen die Platten von Police? Regatta de Blanc, Outlandos D'Amour, Synchronicity, Zenyatta Mondatta, Ghost In The Machine. Regatta De Blanc ist doch vor Outlandos D'Amour, oder?

Der alte Alex skandierte still Marke, Modell und Farbe der geparkten Autos, um nicht an seinen Körper zu denken, denn so radelte er von ganz allein. Er kannte sie fast alle, auch wenn ihm manchmal ein paar Modelle von japanischen Kleinwagen nicht einfielen.

Wei-s-s-er G-o-o-olf! Jetzt hoch!

Und jetzt war er fast Coppi. Er radelte im Stehen, nach vorn gebeugt, über das Lenkrad, während der Schweiß ihm an den Augenbrauen und hinter den Ohren runterlief und sein T-Shirt am Körper klebte. Noch wenige Meter, nur noch wenige Meter, und er würde die beiden steinernen Löwen mit dem erloschenen Blick sehen, im Halbschlaf auf den Säulen ruhend, an denen das Gittertor in den Angeln hing.

Dieses breite Tor mit den gleichgültigen Löwen im Halbschlaf stand immer offen, und der alte Alex passierte es und erreichte die angenehme Kühle unter den Bäumen. Jetzt kam ein ebenes Stück, doch er wußte, daß er sich nicht täuschen lassen durfte, denn wenn er jetzt langsamer wurde, um wieder zu Atem zu kommen, müßte er sich nachher abmühen, seinen Rhythmus wiederzufinden; also stürzte er sich in die Kurven des geteerten Pfads durch das Wäldchen, und in der zweiten Kurve, die nach rechts ging, brachte er die Kette auf das größere Zahnrad. Auf der ansteigenden Geraden trat er wieder im Stehen in die Pedale.

Er setzte seine Schultern ein, um in den Kurven außen

zu bleiben, und jetzt fehlte wirklich nur noch ein kleines Stückchen Straße bis zum Seminar, und er, standhaft in seinem großen Gang, konnte aufhören, an Coppi und Girardengo und die legendären Mannschaftskameraden und Bergfahrer zu denken – Beine aus Stahl und übermenschlicher Wille –, deren Schicksal es war, unbekannt zu bleiben, doch die beim Giro bei allen Bergetappen angriffen und die in der Halle aufgebauten Meister lächerlich machten . . .

Zwanzig Sekunden von dort war Aidi.

Letztes Treten, um auf dem Platz vom Seminar anzukommen.

Der alte Alex strich mit den Fingern die schweißnassen Haare zurück.

Noch zehnmal in die Pedale treten, dann würde es wieder eben sein, und mitten im dichten Wald.

Es gefiel ihm wahnsinnig, durch diese Blätterlandschaft zu flitzen, und es war nicht nötig, irgendwas zu stoppen. Ich weiß, das glaubt ihr nicht. Aber er war vielleicht gar nicht *so* stark auf seinem Bike, aber das wesentliche war nicht, die Zeit zu stoppen, sondern während der Fahrt nach oben keinen Fuß auf den Boden zu setzen und auf der ebenen Strecke nicht anzuhalten, um nach Luft zu schnappen. Darin lag sein Rekord.

Was den Rest anging, so zählte aus der Sicht unseres vielleicht ein bißchen kleineren und rockigeren Girardengo, falls Adelaide eine Seherin oder Fee war, auch der Fakt, daß sie im Wald wohnte.

Aus dem magnetischen Archiv des Herrn Alex D. Ich nehme diese Kassette auf, damit meine Gefühle von heute nicht verlorengehen wie Mispeln im Ozean.

Ich brauche keinen Motorroller und kein Motorrad, ich

brauche die Hausaufgaben für morgen nicht, ich brauche die Nachrichten im Fernsehen nicht, keine Leute und kein Haus. Mir genügt die Frische auf meinen Armen, das Bild von Adelaide in meinem Kopf, wie sie mit übereinandergeschlagenen Beinen auf dem Bett in ihrem Zimmer sitzt, vertieft in ein Griechischbuch. In ihrer Klasse nehmen sie gerade das durch, was wir letztes Jahr hatten, die griechischen Lyriker. Mir genügt es zu wissen, daß sie in ein paar Sekunden die Klingel von meinem Rad hört und herunterkommt, um mir einen Kuß zu geben. Und wenn ich in den größten Gang schalte und lässig die letzten Meter um das Seminar herumfahre und dann auf dem Platz vor dem Haus absteige, mit vibrierendem, von der Bremse blokkiertem Hinterrad, bin ich davon überzeugt, daß das Paradies so was in der Art sein muß.

Adelaide ißt gerade einen Apfel. Sie ist schön. Ihr kastanienbraunes Haar fällt ihr auf die Schultern, das Jan Sport T-Shirt bildet einen Kontrast zu ihrer dunklen Haut und schafft es nicht, ihren Reggae-Busen zu verbergen. Ich weiß nicht. Sie hat eine komische Wirkung auf mich. Zum ersten Mal bemerke ich bei einem Mädchen auch die Arme, den Hals. Sie hat echt eine komische Wirkung auf mich. Wir nehmen uns bei der Hand, ohne etwas zu sagen, und gehen bis zum Rand der Wiese, dann setzen wir uns nebeneinander. Die Hügel im warmen Nachmittagslicht, das weiche Gras unter uns: alles ist grün, und alles ist gut.

Du wirkst unglaublich in der Schule, Alex, sagt sie zu mir. Manchmal siehst du irrsinnig wütend aus, manchmal so, als wäre dein Körper da, dein Geist aber wer weiß wo. Also du fühlst dich da nicht gerade sehr . . .

Ich habe angefangen zu lachen, und sie hat mich mit einem Grashalm am Arm gekitzelt. Warum lachst du? fragt sie mich.

Weil's mir gut geht, glaube ich, habe ich zu ihr gesagt.

Sie hat auch gelacht, und hat irgendwie den Mund verzogen.

Nein, im Ernst, sagt sie zu mir. Hör zu. In der Schule siehst du immer aus wie ein dekadenter Dichter, aber am Nachmittag bist du locker und lieb und . . .

Ich weiß. Das ist, weil du da bist, meine Angebetete.

Noch einmal Mundverziehen. Halber Kuß.

Der alte Alex war voll davon überzeugt, daß man Drogen freigeben sollte. Die Mafia müßte dann nämlich, um sich zu halten, ihre verdammten unechten Uhren verkaufen.

In der Schule kam unser Theoretiker mit deprimierenden Ausreichend und hin und wieder ein bißchen Pseudoschwein durch, und ein paar Lehrer hätten ihn samt der ganzen Punk-Gemeinde am liebsten rausgeprügelt, speziell seit man entdeckt hatte, daß das gerade wieder mal frisch gestrichene Klo mit Autogrammen und feinsinnigen Sprüchen wie Hirn einschalten, Rotarier! und Alex sieht dich! geschmückt war – diese letzte Botschaft, endklug und ultragenial, prangte in dreißig Zentimeter hohen Buchstaben, mit fluoreszierender Filzschrift geschrieben, innen auf den Klotüren der Mädels.

Doch Aidi würde bald mit ein paar Klassen aus ihrem Zweig – alias voll unbekannte und der schriftlichen Erwähnung unwürdige Leute – auf eine Schulfahrt nach Prag gehen.

Die Vorbereitungen liefen schon auf Hochtouren. Eine total spätadoleszente und geschwätzige und scheißrotariermäßige Aufgeregtheit und Überdrehtheit, daß du dich verziehst.

Der alte Alex würde nicht auf Schulausflug gehen, weil seine Klasse hatte keinen gefunden, der sie begleiten wollte, weil – uh – sie waren Null-Bock-Ausgeflippte und Rowdys.

Uh. Uh.

Aus dem magnetischen Archiv des Herrn Alex D. Ich hasse die Lehrer. Schluß mit den Predigten, okay? Schluß mit den Scheißpredigten, meine *Herrschaften*. Predigten sind abgeschafft. Aus. Stop.

Dann, eines schönen Morgens, brachte die Latein- und Griechischlehrerin eine Schallplatte mit: Gesänge des Catullus, begleitet von Gitarre und Flöte, und nach einem mehr als entmutigenden Lobpreis der Ewigkeit der Liebe war der Labortechniker mit einer Art Vorkriegsgrammophon aufgetaucht, und die Lehrerin hatte tatsächlich die Platte aufgelegt: all diese Deklamationen mit Flöte, Rauschen und Knacken im Hintergrund. Ein Schmalz, daß man es kaum fassen konnte.

Und wahrlich, nachdem man die *ganze* Platte ein erstes Mal genossen hatte, fragte die Lehrerin, was denn die Schüler davon hielten. Da sie von irgendwelchen Arschlöchern keine Ahnung was für Zeichen der Zustimmung und tiefen Teilnahme empfing, ging die Tortur tatsächlich noch mal von vorne los. Nach weiteren zwanzig Minuten gräßlicher Geräusch, die Nadel war noch nicht vom Vinyl, fragten die Immerwährenden Jungfrauen Morelli und Musiani, voller Eifer und sterbensmäßig daneben, ob sie dieses wunderbare Knisterwerk mit nach Hause nehmen könnten, um es in der Ruhe ihrer Salons noch einmal zu hören und vielleicht, ja, warum nicht? ein paar Kopien auf Band zu machen, die sie – mein Gott – ihren Freunden in der Klasse schenken könnten.

Ach du Scheiße.

Der alte Alex und Depression Tony warfen sich einen Blick zu, der eindeutiger war als ein Anruf bei Sexy phone, und kaum hatte es zur Pause geläutet, taten sie in der leeren Klasse das, was getan werden mußte: Depression Tony kramte pumaschnell in der Schultasche der Musiani, und eine Nanosekunde später steckte die Platte hinter einem Heizkörper auf dem Flur. Es folgten zwei Stunden Mathe und diverse kartesische Achsen und Schnittpunkte und Größen gleich ax + ze und keinerlei Kontrolle der Schultasche der Musiani seitens der Musiani. Schließlich die Schulglocke von zwanzig vor eins, und der alte Alex und Depression Tony – mehr denn je Taktiker –, Klamotten schon angezogen und Taschen gepackt, ultraschnell raus aus der Klasse.

Dann ein paar Minuten auf dem Klo, bis das Volk sich verlaufen hatte, und last but not least die Platte noch pumaschneller wieder geholt. Am nämlichen Nachmittag ließ der alte Alex mit engelhafter Hingabe die Laubsäge singen, während Depression Tony das Vinyl in der günstigsten Position hielt, wobei beide mit Wollhandschuhen ausgerüstet waren, um keine Scheißfingerabdrücke zu hinterlassen, und hast-du-nicht-gesehen war die Auswahl aus den Gesängen des Catullus in zwei fast perfekte Hälften geteilt, die danach lechzten, in gepolsterte Versandtaschen gesteckt und den Immerwährenden Jungfrauen Morelli und Musiani zurückgegeben zu werden.

Tja, schöner Scheiß.

Während Aidi in Prag war, fanden Wahlen statt. Leider durfte der alte Alex noch nicht wählen, und so bekam eine bestimmte Liste der Linken eine Stimme weniger, denn es ist ja gut und schön, Anarchist zu sein, doch wenn du den Wahlzettel mit dem Kreuzschild der Christdemokraten und der Nelke der Sozialisten vor dir hast, dann ist's voll finster, und dir geht durch den Kopf, daß diese bebrillte Familie, die nach dir ins Wahllokal gekommen ist, bestimmt geschlossen für die Sozialdemochristen gestimmt hat, mit Präferenz für irgendeinen Bonzen, einen Freund von Freunden der Familie, und da stärkst du doch so gut's geht die Opposition, oder? Ich meine: was für ein Scheiß.

So war die ganze Woche vor dem Wahlweekend für den alten Alex damit vergangen, Plakate der Regierungsparteien abzureißen und sich in mehr als pumamäßigen Fahrradfluchten zu versuchen.

Jesus. Es war *prächtig* gelaufen.

Der Abtreibungsgegner Casini war live und praktisch in Tränen aufgelöst im Fernsehen erschienen, und der alte Alex war nur eine Winzigkeit davon entfernt, sich mit einer kleinen Wichserei selbst zu beglückwünschen, so hatte ihn die Freude an den Eiern.

Auch wenn dann letztlich alles weitergehen würde wie vorher und die Diebe auch mit hundert Stimmen weniger in Benvento und Latina weiter klauen würden, insgesamt . . .

Insgesamt mußte man ein neues Italien aufbauen, denn die erste Republik war gescheitert, und unterdessen war der alte Alex wieder Anarchist geworden, in der Erwartung, sich der Kolonne Durruti mit der roten und schwarzen Fahne anzuschließen: im nächsten Jahr würde er achtzehn sein, und bei den Wahlen würde es für alle Scheiße aussehen.

Martino hatte er seit dem Wochenende vor der Physikarbeit nicht mehr gesehen, aber er fehlte ihm nicht so sehr. Dann rief er irgendwann an, Martino, an einem Nachmittag mit blendend hellem Licht. Ein eigenartiger, ewig langer Nachmittag, an den sich der alte Alex später, bevor er ein Stück seines Lebens zusammenrollen und in einer dunklen Schublade verschließen würde, als einen elenden Montag im April erinnern sollte.

Martino war allein zu Hause, wie immer, und schon als er am Telefon das übliche »ciao, Altcr« sagte, hatte er so eine Stimme, bei der man aus Kilometern Entfernung kapiert, daß einer verdammt neben der Spur ist. Nach dem ersten Zögern hatte Martino, von den besorgten Fragen des alten Alex gedrängt, gesagt, was Sache war. Die Bullen hatten ihn vor zwei Wochen in Riccione gegriffen, als er aus einer Disco kam, und er war voll jenseits und übel drauf und hatte ein halbes Ticket in der Tasche. Martino erzählte das leise, heiser, im Hintergrund lief seine Anlage. Er hatte was geraucht und wollte nichts von dem hören, was der alte Alex dazu sagte. Martino war fix und alle.

»Alex«, sagte er leise am anderen Ende der Leitung. »Lieber Himmel, Alex, ich weiß nicht, ob ich es schaffe, verstehst du? Ich hasse *alle*, verstehst du? Sie tun nichts anderes, als uns Lügen zu erzählen, mein Freund. Sie erzählen uns nur *Lügen* . . .«

Das hatte er gesagt.

». . . Mir ging's mies, und diese Scheißkerle wollten meine Papiere sehen . . . Raus aus dem Auto, du Arschloch, und zeig uns deine Papiere! Na, was hat denn dieser Wichser? Womit hast du dir's besorgt, hä, du *Wichser?* . . . Sie lachten untereinander, diese Scheißkerle, und ich hab gesagt: Hände weg, ihr Bastarde, faßt mich bloß nicht an, ihr, und die haben mich fertiggemacht, weil sie haben den Stoff in meiner Tasche gefunden und mich übers Auto gelegt wie einen Sack Scheiße, und jetzt kommst du mit, du elendes Arschloch, wir machen nämlich einen Ausflug aufs Revier, hast du verstanden, hä? Verstehst du italienisch, hä? . . . Und Scheiße, was sollte ich denn machen, ich mit diesen Hurensöhnen, die mich überall festhielten, und runter den Kopf, daß dich alle sehen können, siehst du deine Freunde? Das sind deine Freunde, du Wichser, und weißt du, was sie sehen ...? Sie sehen, wohin es führt, wenn man so bedröhnt rumläuft wie du, du Arschloch ...«

»Es hieß immer nur Arschloch ... Sie haben mich einen Tag drinbehalten ... Alex, es wird ein Verfahren geben, verstehst du? Ich muß jetzt vor Gericht ... Und mein Vater, als er mich besucht hat, hat so *getan*, als würde er sich aufregen, aber in Wirklichkeit hat er nicht mit der Wimper gezuckt. Ich weiß, wie er ist. Ich kenne ihn, diesen Bastard. Er sucht mir einen Anwalt und fertig. Ich war verzweifelt, und er tut so, als würde er sich aufregen, aber er empfindet nichts. Absolut rein gar *nichts*, verstehst du? Er sucht mir einen *angesehenen* Anwalt, verstehst du?«

»In der Schule wissen sie alles, oder?«

Das hatte der alte Martino wissen wollen.

Und wer weiß, wie es manche Eltern freute, jetzt, wo dieser faule Apfel seine Lektion bekommen hatte, denn es ging doch einfach nicht an, daß so einer wie er in der Schule war, und die Klassenarbeiten hätte man gar nicht gebraucht, um ihn loszuwerden, da hätten die Gerüchte genügt, die Kommentare der Eltern, das Gerede der beschissenen kurzberockt-geschminkten Mütter, weil solange du mit ihren Töchtern heimlich was einwirfst und sie vögelst, während sie mit dem Lions Club beim Essen sind, ist doch alles in Ordnung, nicht?, aber jetzt mußte man protestieren, sich beim Direktor Gehör verschaffen, denn das durfte nicht durchgehen, daß Elsamaria und Dummding mit einem Drogensüchtigen in einer Klasse waren, einem Dealer ...

»Ich bin ein verdammter Niemand«, hatte der alte Martino zu ihm gesagt. »Ich bin zu nichts zu gebrauchen. Ich dachte, daß mich vielleicht das eine oder andere Mädchen braucht, aber nicht mal das stimmt, weil die, die ich kenne, sind alles Nutten, eine wie die andere, sie lassen sich bumsen, hören Luca Carboni, lassen dich hängen, lassen sich bumsen, hören Luca Carboni, lassen dich hängen ... Und dann Geld, Geld, Geld ... Das Geld rinnt mir zwischen den Fingern durch ... Ich geb irrsinnig viel an einem Abend aus, Alex, mein Freund ... Ich ekle mich vor mir selbst, verstehst du? ... Ich will nicht so sein, und ich schaffe es nicht, anders zu sein.«

Alex hätte ihm gerne nur gesagt: Nicht doch, Martino, wir finden einen Ausweg, du wirst sehen, und du hast doch ein Fahrrad, Alter, also laß uns einfach ein bißchen rauf in die Hügel fahren, da scheint jetzt die Sonne, hör mal, und dann ist alles nicht mehr so furchtbar, wenn du einen hast, der mit dir Rad fährt, Bruder ... Er hatte ihn nie weinen hören, den alten Martino, und auch nie auf diese Art reden, so verzweifelt und wütend, daß er wohl seine Anlage mit Tritten bearbeitete, denn zusammen mit Tränen und Wutausbrüchen hatte er plötzlich gehört, wie es am anderen Ende der Leitung krachte, und die Musik hörte auf, und eine Sekunde später war auch das Telefon tot, und als Alex sich beeilte zurückzurufen und die ganze Zeit, als er es wieder und wieder versuchte, hatte er nur ein Besetztzeichen bekommen und sonst nichts, weil Martino hatte bestimmt das Telefon rausgezogen und basta, und der Rest der Geschichte war, als stände er irgendwie schon in der Zeitung. Allen bekannt.

Wovon weder die Leute noch die Polizei oder die Journalisten je erfahren würden, war der Brief, den Martino ihm nach dem Telefongespräch geschickt hatte. Ein dicht mit einem schwarzen Bic beschriebenes Ringbuchblatt voller kleiner nervöser Buchstaben.

Alex hatte es nur Aidi gezeigt, denn manche Geheimnisse sind zu schrecklich, als daß ein einzelner Mensch sie bewahren könnte.

Alex, mein Freund,
wenn ich diesen Brief fertig habe, werde ich auf meiner berühmten Spezialvespa über die Via dei Colli, Via San Mamolo, Via d'Azeglio und Via Farini bis zur Piazza Minghetti fahren und vor der Post halten, den Brief einwerfen und vielleicht ein Eis essen (ich mag Fruchteis mit Sauerkirschen oben drauf), zurückfahren, die Vespa in den Garten stellen, mich ins Haus einschließen und all die Bilder zerstören, die sich meine Eltern gekauft haben, um dieses tote Haus zu verschönern.

Es ekelt mich zu sehr, so zu leben, und ich stecke zu sehr drin, um es zu ändern.

Wie dem auch sei. Meine Familie ist arm dran. Und ich habe nicht wegen ihnen diese Entscheidung getroffen, sondern wegen mir.

Ich habe überlegt und überlegt, mein Alter. Und das sind meine Schlußfolgerungen: wenn du ein Penner bist, ein Drogi, ein Ausländer, ein Albaner, dann bist du erledigt. Sie isolieren dich, du bist raus aus der Gruppe. Dann läßt dich die Gruppe am Anfang mehr oder weniger in Frieden und im Abseits, bis du irgendeine große Dummheit machst, und dann landest du im Gefängnis.

Wenn du aber ein normaler, ein achtbarer Bürger bist, dann bist du in der Gruppe, und wohl oder übel arbeitest du für die Gruppe. Und das heißt nicht unbedingt, anständig zu sein. Im Gegenteil. Die Anführer der Gruppe sind Typen wie die Freunde meiner Eltern, Drecksäcke voller

Geld, die die Leute kontrollieren wollen. Über Parteien, Zensur, wirtschaftliche Gruppen. Du weißt ja eine Masse über solche Dinge, du bist ja so eine Art Aufrührer.

Die Gruppe ist die ganze Scheiße, die sie dir zu fressen geben, richtig. Also ich glaube, daß man rauskommt, wenn man entweder irrsinnig intelligent ist, spirituell frei wie die buddhistischen Mönche oder die großen Philosophen und sich also darüber erhebt; oder wenn man seinen Rucksack nimmt und am Bahnhof oder als Nomade lebt und sich so erniedrigt. Für mich ist die erste Lösung nichts. Zu hart. Filme ansehen ist das einzig Intellektuelle, was ich tue. Und die zweite ist nichts, weil wenn man Penner ist, wird man praktisch gleich krank, mit Schorf überall und brutal häßlich.

Dann gibt es aber noch eine dritte Möglichkeit: ein Sprung aus dem Kreis, den sie um uns herum gezogen haben.

Mich ekelt nur ein bißchen bei dem Gedanken daran, wie mein Körper aussehen wird. Gestern nacht habe ich davon geträumt, wie die Feuerwehrleute ins Haus kommen, die Tür einschlagen und meine Leiche finden. Ich lag rücklings auf dem Boden. Der Feuerwehrmann war dick, um die Fünfzig, mit einem schwarzen Schnurrbart, hob meinen Kopf und sagte: »Armer Kerl . . .«, wie im Film.

Doch weißt du, Alex, ich bin im reinen mit mir, weil es ist die erste große Sache, die ich tue. Alles Übrige hatten sie mir beigebracht, diese Geschichte habe ich allein beschlossen und geplant.

Alex, mein Freund, mir geht es gut, mach dir keine Sorgen.

Ich grüße dich und umarme dich mit aller Kraft. Laß nicht zu, daß sie dich fertigmachen. Vergiß mich nicht. Martino.

Der Brief steckte in einem gefütterten gelben Umschlag. Drinnen war das Ringbuchblatt und eine bespielte Kassette. Auf die Hülle hatte Martino mit Filzstift eine Zeile der Doors geschrieben, It's the strangest life I've ever known. Diese Kassette kannte der alte Alex gut, es war eine Compilation von Diaframma, die er Martino vor ein paar Monaten geliehen hatte. Auf das Etikett hatte er mit Füller Libra – Seite B geschrieben.

Er hatte die Kassette eine Weile vergessen gehabt, sie war hinter irgendwelchem Sommer-Mix und dummen Disco-Hits verschwunden, doch Martino hatte sie angehört, und ihn hatte vor allem Libra beeindruckt, der härteste und stärkste Song.

Alex wartete bis Sonntag nachmittag, bis seine Familie aus dem Haus war, dann hörte er sich die Aufnahme an, die Anlage voll aufgedreht, daß die Bässe die Woofers quälten, während die schräge Stimme von Federico Fiumani über den Lärm der Live-Aufnahme hinweg sagte: »Gewidmet . . . dem Punk . . . Rock.« Sofort kam der Applaus, und die Band setzte ein, und er hatte wirklich das Gefühl, daß das Martino war, der die erste Strophe des Songs ins Mikro schrie; und dann die harten Gitarren in der Art von Anarchy In The UK, und die Worte fetzten über den Rest, und an einer gewissen Stelle fühlte unser Crack, daß seine Augen ziemlich glänzten.

»Dank an alle, gute Nacht, ciao«, sagte der Sänger Federico Fiumani am Ende des Stücks. Da hatte auch der alte Alex geschrien, ohne den Mund aufzumachen, Triff die Vergangenheit ins Herz! . . . Zerstör die Zukunft! Diese dunkle Geschichte: die Beerdigung Martinos war am Nachmittag, und nicht mehr als zwanzig Leute kamen, um von ihm Abschied zu nehmen. Von den Aberdutzenden von Frauen und Typen, mit denen er sein Acid-Autobahn-Leben geteilt hatte, war nur ein solariumgebräunter Zwanzigjähriger mit Ray-Ban, blauer Jacke und einem Mercedes mit Kennzeichen Verona gekommen. Aber er schien sich unwohl zu fühlen und ging, bevor Schluß war.

Aus dem magnetischen Archiv des Herrn Alex D. Ich selbst habe meinen Eltern den Artikel in der Zeitung gezeigt, damit sie nicht von allein darauf stoßen und auf den Gedanken kommen, ich hätte ihn vor ihnen verstekken wollen, weil es da irgendeine dunkle Geschichte gibt. Das Foto im Resto del Carlino war das gleiche, das Martino in seinem Ausweis hatte, wenn auch sehr vergrößert. Das Foto mit den langen Koteletten und dem freundlichen Gesicht mit dem scheuen Lächeln.

Meine Eltern hatten ziemlich wenig vom alten Martino gehört, also beunruhigten sie sich nicht allzusehr, nahmen mich aber trotzdem ins Kreuzfeuer und wollten wissen, ob ich in der Schule je mit Drogen zu tun gehabt oder irgendwann mal welche genommen hätte. Ich: Nein, nein, nein. Ich schwöre. Sohn, sag uns die Wahrheit. Besser jetzt die Wahrheit sagen als so enden wie dieser arme Junge. Nein, nein, nein, wirklich, ich würde es euch sagen, ich schwör's. Ehrenwort? Klar, Ehrenwort.

Zum Schluß hat der Kanzler festgestellt, Martino sei ein armer unglücklicher Kerl gewesen, der in Dealerkreise geraten sei und sich vielleicht das Leben genommen habe, weil die ihn vor die Alternative gestellt hätten, sich selbst umzubringen oder umgebracht zu werden. Als er mit lauter Stimme seine Erkenntnisse als Detektiv für Arme dem Rest der gläubig lauschenden Familie vortrug, habe ich mir geschworen, daß ich meinen Eltern niemals den

Brief zeigen würde. Die blicken das nicht, und es ist nicht mal so, daß sie es extra machen; sie packen es einfach nicht und basta.

Alte Zeitungen landen bei uns in einem Korb, den mein Bruder ab und zu für ein kleines Trinkgeld leer macht. Die Zeitung, in der es um Martino ging, mit seinem Foto und dem ganzen Rest, habe ich mir genommen und noch am selben Abend weggeworfen, damit meine Mutter nicht meiner Großmutter am Telefon daraus vorliest oder mein Bruder den Artikel ausschneidet, um ihn seinen Freunden zu zeigen.

Wenn sie auf den Heuhaufen hinter Aidis Haus saßen, wo niemand außer den Zikaden und dem Wolfshund des kleinen Jungen von nebenan sie hören konnte, dachten sie in den ersten Tagen immer daran, sprachen über nichts anderes, und Aidi fing manchmal an zu weinen, obwohl sie nie mit Martino gesprochen hatte. Und in der Schule wurde natürlich nur über Martino geredet. Alex, verschlossen in der dunklen Schale seiner Trauer, wußte, daß abgesehen von vielleicht drei oder vier Leuten niemand im Ernst an die bitteren, fatalistischen Sätze glaubte, die in den Klassen in Umlauf waren, und außer den Schülern in seinem Zweig kannten die anderen Martino sowieso nur mehr oder weniger vom Sehen . . .

»Aidi, ab und zu, also ziemlich oft, nicht Stunden hintereinander, aber einfach so, eher plötzlich muß ich an ihn denken. Und da sind zwei Sachen, weißt du? Vor allem der Brief, den er mir geschickt hat: der fällt mir ein, wenn ich es gerade am wenigsten erwarte, dieser Brief . . . Und dann etwas anderes, Tieferes, Einschneidenderes . . . Auch wenn wir nicht so oft zusammen weggewesen sind, er und ich, in den Tagen, als wir beide nichts mehr voneinander gehört haben ... Also, wenn ich daran denke, daß er jetzt tot ist, daß es ihn nicht mehr gibt ... Wenn ich denke, abgesehen von allem anderen, daß dieser Junge nicht mehr existiert ... Dann habe ich das Gefühl, ich hätte ein schwarzes Loch in meiner Brust, in dem alles verschwinden könnte. Das könnte passieren, ja, früher oder später wird es passieren, mit allen, mit meiner Familie ... und weg ist ein Stück meines Lebens ... Wenn meine Großmutter stirbt, wird keiner von damals mehr dasein, als ich Suppe mit Sternchen gegessen habe oder meine Stirn glühte und sie mir das Thermometer gab und mich mit der Decke zudeckte, damit ich nicht fror. Ich meine, wenn sie stirbt, wird die ganze Verwandtschaft kommen, und alle weinen, und dann muß das mit dem Haus geregelt werden, und dabei wird vollkommen untergehen, wie ich mit vier Jahren war, mit Locken und in dem blauen Pullover, den sie mir gestrickt hatte, meine Sternchensuppe und all die anderen Augenblicke, als ich klein war. Nach und nach werde auch ich es vergessen, glaube ich.

Wenn meine Eltern sterben, werde ich erwachsen sein, werde mich jeden Tag rasieren und beim Autofahren perfekt die Gänge einlegen können, doch irgendwo in mir drin wird sich der Augenblick verloren haben, als mein Vater mit mir in den Pariser Zoo gegangen ist, und auch der Sonntag morgen, als mich meine Mutter zum ersten Mal zu den Wölflingen gebracht hat, und ich hatte Angst, daß die gefährliche Spiele machen, von Bäumen springen oder so, und drückte ganz fest ihre Hand. All das wird vergehen, ganz langsam, und vielleicht bleibt nur die Erinnerung daran, wie wir hunderttausendmal gestritten haben, immer gleich, immer erschöpfter. Auch meine Freunde werden sterben, und dann geht's auch mit mir bergab, ganz langsam. Am Ende sterbe ich auch, und an dem Punkt ist alles zu Ende. Vielleicht dachte Martino ähnlich und hat beschlossen, vorher zu gehen, bevor die Menschen um ihn herum verschwinden. Vielleicht wollte er lieber gehen, solange alles noch vollständig war . . .«

Dem alten Rocker Alex traten die ersten salzigen Tränen in die Augen, auch wenn der Ton seiner Stimme fest blieb.

Dann umarmten sich unsere beiden Piraten, ohne etwas zu sagen, wenigstens eine blaue und orangerote und grüne Viertelstunde lang – der Rocker, den wir alle kennen, und die alte Aidi, dem Gefühl sehr nahe, am Spoon River begraben zu sein.

An vielen, wahnsinnig vielen Nachmittagen kurz und bündig gelernt, und dann weg, *raus,* den Vorwürfen der Madre davongeradelt.

Millionenmal in die Pedale getreten, tausendmal auf dem Platz am Seminar angekommen, tausendmal wie Girardengo vor Aidis Haus gebremst, tausendmal unter der Sonne, tausendmal das grüne Gras und der Duft dieser tiefen Pflanzenwelt, tausendmal Aidi, die ihm die Tür öffnen kam und die Hefte aufgeschlagen auf dem Küchentisch liegen ließ und sagte, es ist nicht mehr viel, den Rest mach ich nach dem Essen . . .

Und vielleicht scheint uns das nichts Besonderes, diese Sache mit den beiden Piraten, die auf dem Bett liegen, vollständig angezogen und eng umschlungen, ohne zu sprechen; oder das Bild unseres Rockers, der sie betrachtet, während sie ganz versunken Gitarre spielt; oder die beiden, die Initialen in Kartoffeln schneiden, H und J, für Caulfield und die alte Jane, sie braten und zusammen essen – doch das waren die Dinge, die in diesen Tagen geschahen. Die Viertelstunden im Mai tropften langsam und dicht dahin, und Aidi und der alte Alex saßen auf der Veranda und hörten Circle und Hard Rain's Gonna Fall von Eddie Brickell.

In dem Niederspannungsjahr, dem Jahr ihrer Trennung, würde der alte Alex sich an das Knirschen von Kies und seinen Doc Martens erinnern, an die Hand auf einer rostigen Äderung des Gartenstuhls, an die Kälte des Marmortischs, auf den sie das Radio stellten und die Blätter und bunten Stifte legten.

In dem gleichen Augenblick, als unser Crack Aidi mit einem enormen Lächeln zeichnete, auf die Art, wie gewisse kleinere Künstler im Alter von sieben oder acht Jahren zeichnen, oder ihr Handgelenk sanft berührte oder ihr sachte einen Kuß auf die Wange gab, wußte er tief in seinem Herzen, daß es nie schöner sein würde.

Aidis Abreise rückte näher, und die beiden beschlossen, die letzten Tage, bevor sie sich trennen müßten, gemeinsam zu verbringen.

Nach entsprechenden Verhandlungen in der Familie zeichnete sich die Situation für den alten Alex wie folgt ab: er würde Ende Mai Bologna verlassen, weil in der Schule in den letzten Tagen sowieso nichts mehr passierte (»In der übrigen Zeit hast du dir ja auch nicht gerade ein Bein ausgerissen«), um zwei Wochen zu einem Sprachkurs nach England zu fahren. Mitte Juni: come back to Italy. Dann sollte er eine Woche mit den Eltern daheim verbringen. Danach würden die Eltern in die Berge fahren, und unser Rocker könnte noch eine Woche lang bei der Großmutter wohnen, um mit Adelaide zusammenzusein, bis sie nach Sizilien abreisen würde, um sich von Vettern, Cousinen und anderen Verwandten zu verabschieden, bevor sie den – okay – Großen Flug machte.

Eines Tages, als unser Crack gerade nach Hause aufbrechen wollte, drückte Adelaide ihm ein Briefchen in die Hand. »Mach es erst heute abend nach dem Essen auf«, sagte sie zu ihm. »Wenn du im Bett bist und eine schöne Kassette dazu hörst.« Und er zog, an jenem Abend nach dem Essen, als er auf seinem Bett lag und Bob Marley And

The Wailers Live hörte, das Blatt aus der Tasche seiner Jeans und begann zu lesen.

Zu Hause, Nachmittag, bevor du hier bist.
Alex,

diese Tage sind ziemlich seltsam. Je mehr Zeit vergeht, desto stärker spüre ich meine Aufregung und auch die Angst vor dem Großen Flug nach Amerika. Das läßt sich sehr schwer beschreiben. Ich weiß nur, daß ich dann wirklich allein sein werde und daß es die erste große Sache ist, die ich tue. Von mir beschlossen, von mir vorbereitet. Und jetzt nähert sich der große Tag. Inzwischen verbringen wir eine Menge Zeit miteinander, und jeden Tag habe ich mehr das Gefühl, daß ich in dich eindringe. Ich glaube dich zu verstehen, doch verstehen ist nicht das richtige Wort, ich meine in dich einzudringen. Manchmal geschieht es, daß ich mich als eine Person mit dir fühle, und andere Male fühle ich, daß du fern bist, und ich habe Angst, doch insgesamt ist es wunderbar, und es ist das erste Mal, daß mir das mit einem Menschen passiert. Vielleicht gelingt es uns jetzt nicht, uns das alles wirklich bewußt zu machen. Ich weiß nur, daß es gut so ist und daß ich will, daß der Juni all dem würdig sein soll, was vorher gewesen ist.

Das Heft ist schon bereit, sobald du aus England wiederkommst, beginnen wir zu schreiben.

Ich habe dich unheimlich gern. Du bist jenseits, auch wenn es nicht gut klingt.

Sei umarmt.
Aidi.

Du bist jenseits – das klingt nicht so schlecht, doch es nimmt einem ein bißchen den Atem, und persönlich, okay, bin ich auch irgendwie *fertig*. Aber so ist die Geschichte, und nicht anders.

Wir werden unseren ganzen Mut brauchen, ich weiß, ich weiß.

Depression Tony war schon eine Art Veteran, der alte Alex hatte nur mal zugesehen, wie man so was macht, aber nie eine Sprühdose in die Hand genommen. Doch die Idee war von ihm gekommen, und den Plan hatten sie am Nachmittag ausgeheckt.

So stürzten sie sich nach einem funky taschengeldvernichtenden Essen bei McDonald's an der Ecke Via Rizzoli und Ugo Bassi in das Gewirr der Sträßchen zwischen Via D'Azeglio und Piazza Cavour. An der Mauer einer Blindenhilfsorganisation – sie waren wirklich durch und durch Kanaillen – hatten sie die Sprühdosen ausprobiert, und Depression Tony hatte knapp erklärt, wie sie funktionierten. Gegen zehn tauchte Alex in das Kinodunkel der Via Codivilla ab, eingehüllt in eine Stille, in die nur hin und wieder gedämpfte Geräusche von ein paar Autos drangen, die auf der Straße nach oben unterwegs waren.

Ab und an tauchte jemand auf, der eine part-time Freundin an den Alleen eingeladen hatte und den Schutz der Bäume auf der anderen Seite der Straße suchte, um nicht aufzufallen. Mit der elenden Angst, daß die Polizei kommen würde, brachten Depression Tony und dieser zweite Durchgeknallte ein grellbuntes Graffito zu Ende – das einfach nur aus dem Namen AIDI bestand –, in sechzig Zentimeter hohen Buchstaben auf einer dicken Säule am Eingang des Parks.

Als sie ihr künstlerisches Werk vollendet hatten, rannten Alex und Depression Tony lachend und schreiend weg, während sich in den Mercedes mit Nummern aus Modena und Ferrara über jeden Verdacht erhabene Familienväter keuchend und stöhnend mit ihren part-time Freundinnen fleischlich vereinigten.

Streng fachlich betrachtet, war an dem Graffito nichts Besonderes, doch der als alter Alex bekannte junge Künstler war sich sicher, daß die Farben nahezu einzigartig waren.

Am Montag würde sie es sehen.

So waren zwischen einer befriedigenden malerischen Aktion und der nächsten die letzten Maitage gekommen, die letzten Prüfungen in der Schule, die letzten Cyberpunk-Anekdoten, die man im Gedächtnis speichern mußte, um sie den Freunden am Meer zu erzählen, das letzte Bier aus Dosen mit der alten Gang.

Auf dem Jahresabschlußfoto kam Alex als denkwürdiger Drogi raus, lässig in seinem grün-weiß gestreiften Trikot von Celtic Glasgow und mit einer diskussionsstiftenden Frisur vom Typ Ich-ich-bin-grad-schräg-wach-geworden-und-schaffe-es-nicht-den-Kamm-zu-finden-aber-zum-Glück-hab-ich-ja-reichlich-kurze-Haare. Nun ja, der Anblick dieses edlen Gesichts versetzte die Mütter der Immerwährenden Jungfrauen in der Klasse ein bißchen in Aufregung. Manche von ihnen zögerten nicht einmal – hörte man damals –, unter begreiflichem Knirschen der Eierstöcke zu fragen, ob dies das edle Gesicht des kleinen Jungen sei, der früher immer einen Einserdurchschnitt hatte.

Aus dem magnetischen Archiv des Herrn Alex D. Dies ist für die Eltern meiner Klassenkameradinnen irgendwo da draußen, die, soweit mir das berichtet wird, Mühe haben, mich auf dem Klassenfoto zu erkennen, und sich fragen, ob dieser Flegel und der kleine Junge, der früher immer so fleißig war, irgend etwas miteinander zu tun haben oder nicht.

Als Hintergrund zu würdigen die Henry Rollins Band, die aus der zentralen Stereoanlage mit voll aufgedrehten Woofers fetzt.

Jawohl, meine Herrschaften, der Flegel bin tatsächlich ich. Der Flegel und der Bub, der immer ruhig dasaß und zeichnete und sich dann aus »Mein allergrößtes Wörterbuch« von Richard Scarry vorlesen ließ und alle Vogelnamen einschließlich Rohrdommel, Tuskan und Alk auswendig wußte, sind ein und dieselbe blöde Person. Das bin wirklich ich, Scheiße. Der Typ, der als Tiroler verkleidet in die Grundschule kam, mit kurzen Lederhosen und Eichenlaubtaschen und Platz für das Taschenmesser, das bin ich.

Der Flegel, der wenn es nicht wegen seiner Eltern wäre schon seit einer Weile auf der Straße läge und es ist nicht gesagt daß sie ihn am Ende nicht doch noch rauswerfen, das bin immer noch ich. Der mit dieser ohrenbetäubend lauten Musik die doch Krach ist und keine Musik, der sich volldröhnt um nicht die Stimme seines Gewissens zu hören das zu ihm sagt du bist genauso ein Süchtiger wie dieser andere der ein schlimmes Ende genommen hat und du weißt nicht wie man Kompromisse eingeht und wenn du dich nicht krümmst wirst zu zerbrechen, das bin immer noch ich, Scheiße.

Kommt ihr mich holen, ha?

Himmel, fast hätte ich's vergessen. Eure Töchter sind so was von beschissen, *meine Damen.* Eure Töchter wären so gerne nuttige Schlampen, *meine Damen,* aber keiner will sie haben. Weil, ach Scheiße, fragt sie doch selber. Also weil sie können sich nicht gehenlassen, mehr oder weniger. Und daß sie aussehen wie Nonnen im Gänsemarsch, das ist nicht aus Bescheidenheit, Reinheit oder so, sondern weil sie so elenden Schiß haben. Wie dem auch sei, fickt euch doch alle selbst, wenn das geht. Daaanke.

Ende der Durchsage.

Okay. In der vorletzten Maiwoche hatte unser Rocker die Physikprüfung halbwegs gefloppt, mit Schnitzern vollendeter Blödheit über die gleichförmig beschleunigte Bewegung und den Übergang von einem internationalen System zu einem andern und umgekehrt. Er hatte sich mit Tigerblick in eine Erörterung der Zentrifugalkraft gestürzt, und als Beispiel, bei dem Versuch, sich zu beweisen, daß er die Banalität der sich drehenden Waschtrommel hinter sich lassen konnte, war ihm nichts Besseres eingefallen als die Story vom Vergnügungspark und dem verdammten Karussell, bei dem man sich in den Sitzen anschnallt, die sich um den verdammten Stahlkörper in der Mitte drehen, mit dem sie über eine Kette verbunden sind. Und je schneller der Karussellmensch den Rumpf in der Mitte drehen läßt, desto mehr tendieren die Ketten der Sitze mit den drinhockenden Idioten dazu, sich parallel zum Boden zu bewegen. Ja eben durch die Zentrifugalkraft.

Knappes Ausreichend, aber das würden seine Eltern nie erfahren.

Am Sonntag morgen stand der alte Alex früh auf, und während seine Familie den Schlaf der Gerechten genoß, stieg er auf sein schwarzes Bike und radelte durch die Hügel von Bologna.

Er versank ganz in selige Einsamkeit und begegnete höchstens ein paar anderen heroischen Radlern, mit denen er gerne energisch-herzliche Grüße tauschte.

Er fand es riesig: den Anstieg über San Mamolo, Roncrìo, Via dei Colli, den Flug durch die Kurven von Paderno, dann ran an die Mauer vom Parco Cavaioni und über den Hügel von Casaglia gesegelt, um schließlich in die Saragozza Avenue zu gleiten, wenn die Stadt erwachte.

Er war wieder zu Hause, da hatten die Eltern kaum angefangen, sich ins Gesicht zu gähnen.

Es war an einem dieser übertrieben blauen Sonntagmorgen, als der alte Alex in Schweiß gebadet und mit schmerzenden Gliedern nach Hause kam und in der Zeitung las, daß man in der Nähe von Palermo fünfzig Meter Autobahn in die Luft gesprengt hatte, um den Richter zu töten, der zum Symbol für den Kampf gegen die Mafia geworden war.

Das war das Italien, in dem er lebte.

Vielleicht war es nicht die Mafia gewesen, vielleicht waren es die Geheimdienste oder hatten sie jedenfalls auch ihren Anteil daran – wie übrigens an jedem Blutbad in Italien –, und der Zweck bestand darin, die Aufmerksamkeit der Öffentlichkeit von den Untersuchungen der Mailänder Richter über die Korruption in Politik und Finanzwelt abzulenken, Untersuchungen, die langsam in eine saumäßig unangenehme Richtung für die Parteibonzen gingen.

Jedenfalls stellte es sich der alte Alex so vor: Irgendein Vertreter der Regierungsparteien hatte die voll und ganz kontrollierten Geheimdienste angewiesen, ein richtig dikkes Ding zu drehen – etwas vom Kaliber des Anschlags auf den Bahnhof von Bologna oder des Attentats auf den Schnellzug 904 –, um zu erreichen, daß die Öffentlichkeit schockiert wäre und sich um die Demokratischen Institutionen scharte, Institutionen, die eben durch die Regierungsparteien repräsentiert wurden, so daß sich die Würgeschraube, die langsam immer enger wurde, wieder lockerte. So hatte dann irgendein mehr oder weniger obskurer Geheimdienstmann beschlossen, daß diese brutale Ermordung des Richters das Land erschüttern und der Mafia zugeschrieben würde. So etwas wie ein perfekter Plan. Ob nun die Geheimdienste das Attentat ausgeführt hatten oder ob sie der Mafia Schutz und Mittel geboten hatten, ihren Feind Nummer Eins zu eliminieren, machte wenig Unterschied.

Der alte Alex dachte weiter über diese Dinge nach, während er mit der aufgeschlagenen Zeitung auf den Knien im Wohnzimmer saß und sich an die blutigen Anschläge in seiner Kindheit erinnerte: er hatte die wahnsinnige Explosion gehört, als der Bahnhof von Bologna in die Luft flog, und dann all die Sirenen der Krankenwagen, die längs der Via Porrettana Richtung Apennin fuhren, in der Nacht der Bombe in San Benedetto.

Das war das Italien, in dem er lebte.

So war er den ganzen Tag im Haus geblieben, wütend

und wie im Käfig, überzeugt davon, daß in Italien und vielleicht auch im Rest der Welt der Erwachsenen alles ein bißchen wie in der Schule war: überall setzten sich Macht und Ignoranz durch, ob nun beim Mafia-Boss mit Goldkettchen um den Hals und Uzi in der Schublade oder bei dem arroganten Lehrer, der sich über die politische Meinung oder die Kleidung der Schüler lustig macht, oder bei dem Staatssekretär, der in römischen Restaurants immer Pasta mit Lachs in sich reinstopft, ohne je zu bezahlen ...

Am Nachmittag sah er sich Il portaborse von Nanni Moretti noch einmal an und kam zu dem Schluß, daß ein Mann wie Cesare Botero nicht gezögert hätte, die Exekution eines Richters anzuordnen, wenn es darum gegangen wäre, seinen Sitz im Parlament zu retten. Und Männer wie Cesare Botero gab es im Parlament mehr als genug ...

Auch der ermordete Richter war ein Mann, der versucht hatte, aus der Gruppe auszusteigen – überlegte der alte Alex, wütend und wie im Käfig –, einer, dem die Anmaßung und die Willkür der Mächtigen nicht gefielen, einer, der gegen den Strom stand, mit dem Wasser bis zum Gürtel, bis dann eine Welle kam, die zu mächtig war und ihn mitriß. Er war aus der Gruppe ausgestiegen, klar. Und als er für die Gruppe unbequem wurde, hatten sie ihn samt Frau und Leibwächtern in die Luft gejagt ...

Das Spiel war knallhart geworden, und am nächsten Tag hängte die Latein- und Griechischlehrerin tief bewegt unter dem Kruzifix neben dem Pult ein Portrait des ermordeten Richters auf. In der nächsten Stunde hielt der Chemielehrer seinen triumphähnlichen Einzug in die Klasse, fixierte das Foto, sah die Schüler fragend an und wollte wissen, wer denn der Typ auf dem Foto sei.

Einen Augenblick später war er voll dabei, über die

Verdauung abzufragen, mit besonderer Berücksichtigung von Bolus, Chymus und Chylus, denn sie lagen nach dem Lehrplan schließlich schon zurück, Jungs.

Das war das Italien, in dem er zugrunde ging.

Der letzte Nachmittag vor der Abreise des alten Alex nach England war ein verdammt dunkler und bedrückender Nachmittag, der nach Regen aussah, so, wie gewisse Illustrationen in den Begleitbüchern zur Lektüre der Erzählung Ein Sommergewitter. Alles war grau und wie aufgeladen, und Aidi und der alte Alex hatten sich an der Kreuzung von Via Codivilla und Via San Mamolo verabredet.

Er hatte sein Rad mit zwei Ketten an einen Plakatständer angeschlossen, auf dem ein weißes Plakat mit dem Stempel der Gemeinde klebte, und einen Filzstift aus der Tasche gezogen. Bevor er den Text von Sunnyside Of The Street vollständig darauf geschrieben hatte, erschien Aidi schon auf ihrer Vespa.

Er mochte sie gern, der alte Alex, und er mochte auch ihre Wangen, ihre Finger und ihre Art, ihn zu umarmen. Als sie mit all ihren spätadoleszenten Begrüßungen fertig waren, schlug sie vor, eine Runde durch die Hügel zu drehen, und unser Rocker war gleich dabei, ganz weg vor Begeisterung und voller Lust, auf den Schwingen seiner Phantasie davonzufliegen. Auf der Vespa saß der alte Alex hinter ihr, weniger als einen Zentimeter von ihrem grünen Pullover entfernt: sie hatte ihn angezogen, um ihm eine Freude zu machen – das wußte der alte Alex genau –, denn dieser tolle Pullover erzählte von Irland, den Pogues und dem Glück. Ja, hatte er irgendwann gedacht, als die Vespa weiter und weiter fuhr, all dies kann der alte Martino nicht mehr erleben. Nie mehr, wie einem das Herz bis zum Hals schlägt, weil man morgen nachmittag wegfährt und zwei Wochen lang ein ganz spezielles Mädchen nicht sieht; nie mehr erkennen, daß ein Mensch wirklich anders als die anderen ist; nie mehr ein bißchen aufgeregt sein, weil man einen bestimmten Anruf zum ersten Mal machen muß; und nie mehr froh sein, wenn man meint, den Motor einer bestimmten Vespa zu hören, auch wenn man nur an einem Frühlingsmorgen in seinem Bett liegt und träumt; und rein gar nichts mehr haben, kein Mädchen, mit dem man Liebe machen möchte, keine Platten und keine Fender Jaguar, auf der man spielen kann . . . Martino würde nie mehr mit einem Mädchen durch die Hügel fahren, zu zweit auf einer Vespa; er versuchte nur, mit diesem Gefühl zu leben, der alte Alex, und dann

begann auf der Höhe der Endstation des 16er der Aufstieg, und Aidi fuhr, und er spürte, daß sie wirklich eins waren, seine Brust an ihrem Rücken und seine Hände auf ihren Hüften. Ihre Haare guckten unter dem Helm hervor, und dem alten Alex fiel There's A Light That Never Goes Out ein, dieser Song der Smiths von dem Album The Queen Is Dead, wo es so ungefähr heißt Bring mich nicht nach Hause, heute abend, denn es ist nicht mehr mein Haus, sondern ihres, und ich bin nicht mehr willkommen. Und wenn ein Doppeldeckerbus in uns reinrasen würde, wäre das eine klasse Art zu sterben, und wenn ein Lastwagen uns beide totfahren würde, es wäre eine Freude und eine Ehre für mich, an deiner Seite zu sterben.

Und noch nichts davon auf Band! Er hatte ein altes Konzert auf Videomusic gesehen, und gleich zu Anfang tritt Morrissey auf, mit dieser endcoolen Jacke und dem offenen Hemd, er tanzt wie ein Clown, grandios und grotesk zugleich, einen Strauß schlapper weißer Blumen in der Hand, sublime Allegorie, die auf We're the Flowers in the Dustbin von den Sex anspielt, und kaum setzt er mit And if a Double-Decker Bus Crashes into us ein, explodiert der Saal und Tausende von Kids singen, *wie sehr* sie davon träumen, zusammen zu sterben.

Ja, genau das fiel Alex ein. Nicht daß er hoffte, Aidi würde in der nächsten Kurve geradeaus fahren, damit sie beide mit Karacho über die Böschung flögen, doch er spürte ein weiteres Mal die Magie, mit ihr zusammenzusein, die Faszination, nicht *genau* zu verstehen, was einer vom anderen wollte, denn wenn sie sich nur die Hand gaben – uh –, hatten sie schon alles.

Sie waren zum Schluß auf einem unbekannten Platz gelandet, einer Art verlassenem Parkplatz, von Bäumen umstanden. Dort herrschte ein absoluter Friede, und unsere Piraten setzten sich auf eine Stufe – dies ist tatsächlich eine Geschichte, in der es fast nie vorkommt, daß Leute sich auf normale Stühle setzen –, und dann, in einem dieser Momente, die wahnsinnig aus dem Buch ausbrachen, Momente, in denen sie sich aus dreizehn Zentimeter Entfernung in die Augen sahen und es nichts gab, was schon geschrieben stand, tat unser Rocker exakt diesen geradezu unsterblichen Ausspruch: »Heute hat Anna, die aus der 1b mit den blauen Augen, mir einen bescheuerten Brief gegeben. So von der Art, daß wenn sie mich ansieht, dann weiß sie, daß ich anders als die anderen bin, und sie weiß, was ich denke, wenn ich so für mich bleibe, und sie ist echt glücklich, wenn ich mit ihr spreche, und insgesamt glaube ich, daß sie wahnsinnig hinter mir her ist, weißt du.«

Und dann.

»Sieh mal, das nächste Jahr ist schon von vorne bis

hinten entschieden. Ich bin schon Teil der Pläne, die Anna und Federica gemacht haben. Bei der einen muß ich den düsteren Intellektuellen spielen, ganz Cineclub Lumière und Philosophie, mit der anderen kann ich mehr pop, fast glamour sein, mich ihren Eltern vorstellen lassen und sie jeden Nachmittag zur gleichen Zeit anrufen. Bei der einen muß ich über meine immer etwas ungehobelten Freunde lächeln – sie machen viel Lärm, weil sie verworrenes Zeug im Kopf haben, doch im Grunde sind die Jungs in Ordnung; bei der anderen muß ich diese beschissene Punk-Gemeinde verleugnen – ihr Beetsaal-Alkoholiker-Süchtige-Rowdys, hoffentlich bringt euch Don Pio auf Vordermann und läßt euch diese grauenhaften Haare von einem *richtigen* Friseur schneiden, ein Teil meiner Vergangenheit, den ich fast vergessen habe. Doch daß diese beiden von mir so etwas erwarten, ist nicht so schlimm. Schließlich versucht jeder, die anderen zu Figuren in seinem persönlichen Puppentheater zu machen. Schlimmer ist, daß ich genau diese Dinge tun werde, all das, was sie von mir erwarten, einen Schritt nach dem anderen, nacheinander, um auch in ihren kleinen elenden oder banalen oder tragischen Szenen zu leben und dann allein darüber zu lachen, doch ich werde alles tun, was sie wollen, denn mich ständig zu verändern und ständig verdammte Rollen zu spielen ist meine einzige Art, mich lebendig zu fühlen. Bisher hab ich immer Schnarch-Parts abgekriegt, stimmt schon. Der Freund von irgendeiner Tussi, der liebenswürdige Teenager, der einer Fremden behilflich ist, in den Zug zu steigen, oder der Neffe aus der Stadt, aber das ist nur die off-off-scene. Gebt mir Zeit, reifer zu werden, und ich werde auch in Charakterrollen Eindruck machen, so von der Art über jeden Verdacht erhabener Hurenbock von Angestellter, der seine Kinder mit dem Gürtel auspeitscht, oder lustiger, glatzköpfig-teigiger Mathelehrer . . .«

Vielleicht verstand Aidi ihn nicht voll und ganz. Oder vielleicht doch. Andererseits handelte es sich immerhin um ethnophilosophische Themen von verheerender Tragweite, meine ich irgendwie.

Adelaide tat so, als wollte sie ihm einen Faustschlag versetzen, doch er bekam *ernsthaft* Lust, sie zu küssen, sie ein bißchen zu beißen und sie an sich zu binden und nicht einen Moment der Zeit, die noch blieb, zu vertrödeln . . .

»Was tust du im nächsten Jahr«, fragte Aidi, »wenn du Lust hast, daß ich hier bin?«

»Ach, dann schreibe ich dir, glaube ich. Und stelle mich in einem ganz schweren, grauen Pullover ans Fenster und bin traurig. Du machst dir ja gar nicht klar, wie wichtig du für mich bist . . . Alles hat sich verändert, seit ich dich kenne, weißt du . . .«

»Alex, ich mag nicht, wenn du so redest, das sieht fast so aus, als ob du für mich nichts bedeutest, als wärst du der einzige, der was tut oder die Dinge in die Hand nimmt. Ich weiß nicht . . . du kommst immer wieder mit diesen Geschichten . . . Du bist für mich wahnsinnig wichtig, das weißt du doch.«

»Ja?«

»Sicher. Was soll das denn?«

»Ach, Aidi. Ich weiß, daß ich für dich wahnsinnig wichtig bin, aber ich muß es immer wieder hören. Es ist so schön. Und du darfst auch nicht glauben, daß es weniger wahr ist, weil ich es so oft sage, oder daß . . .«

»Ich habe dich sehr lieb, Alex.«

»Ah.«

(Mai in den Hügeln. Frisches Lüftchen, Wolken, alle zehn Minuten ein Auto und der ganze Rest.)

»Aber wenn ich aus England wieder da bin, im Juni, dann machen wir wirklich das Heft, einverstanden?«

»Einverstanden.«

Dann blieben unsere Piraten ganz nah beieinander sitzen, bis dieser Vor-Abendessen-Termin kam, etwas wie zwanzig nach sieben. Und am nächsten Morgen wurde unser Rocker von den Eltern zum Flugplatz eskortiert, hatte schon Ticket und Bordkarte in der Hand, als plötzlich Aidi auftauchte, die mit der Vespa bis dort hingefahren war, um ihm auf Wiedersehen zu sagen. Der Kanzler und die Madre hielten sich vorsichtig abseits, doch der alte Alex strahlte wie wahnsinnig, und als er mit den anderen Passagieren in einer Reihe stand, sagte Aidi sogar, daß er süß aussah. So war der alte Alex echt froh abgeflogen, einen kommerziellen Rock Typ Disco Version Remix von Holidays In Cambodia von den Dead Kennedys im Kopf; voller konzentrischer Gefühle, denn bei seiner Rückkehr würde Juni sein und basta.

Zwei Wochen in England, und eingezwängt zwischen der Sorge, den richtigen Bus nach Heathrow zu finden, und der Rückreise nach London, waren da nur der Englischkurs und die Benetton-Gesichter von Paulos, Ivan, Shoko und den anderen Freunden, die er bei den Hähnchen-Toasts in der Schulkantine kennengelernt hatte, ein Crikket-Match auf dem perfekt gemähten Rasen mit seinem kaum weniger als spektakulären Aus, Billardpartien, Abende mit Darts und drinking under age in George's Inn, ein paar Tage mit Kopfschmerzen vom Rausch, Aufwachen um sechs Uhr morgens, weil das Fenster kein Rollo hatte, das schöne Coyotelächeln für das blonde Mädchen, das die Zeitung brachte, ein paar buchstäblich unbedeutende Geschichten, einige Gratiskonzerte . . .

Schließlich aber auch die große Trommel, die ihm im Zweivierteltakt in der Brust schlug, dem alten Alex.

Denn inzwischen, Leute, war es wirklich *Juni*.

Drittens

Der Kanzler hatte aus Italien angerufen

Der Kanzler hatte aus Italien angerufen und den Chef am Schalter in Heathrow gefragt, ob es wirklich das letzte Mal sei, daß der AZ 1236 von siebzehn Uhr als delayed gemeldet würde.

Der Flug nach Bologna war zuerst auf zwanzig nach sechs verschoben worden, dann sogar auf zwanzig vor neun, während auf den anderen Pisten die Flugzeuge höhnisch auf Ziele zurollten, die alle gleich waren, auf tausend Orte mit dem gleichen Teppichboden und dem gleichen Air-conditioning. Angeführt wurden die Tänze von den Hausherren, den Giganten der British Airways, selbstsicher bis zur Arroganz und bereit, es mit der Air France und der Lufthansa, den neuen Herren Europas, aufzunehmen. Schlimmer als bei den Skikursen in den Alpen, wo die in ihre fluoreszierenden Lawinenschutzanzüge eingepackten deutschen Kinder nichts anderes tun mußten, als ihre Kapuzenmützen herunterzuziehen, um all die rotznäsigen-fröstelnden-weinerlichen italienischen Kinder zu erniedrigen, die zu steif in den Knien waren, sich zu weit zurückbeugten, dauernd in den Schnee fielen und nach der Mamma riefen.

Japanische Touristen lauschten amüsiert der mediterranen Musikalität seines Aufrufs zum check-in Alitalia.

»In diesem Zustand kann ich mich nicht präsentieren«, würde da wohl einer sagen.

Er war in die Toiletten geflitzt, um das durchgeschwitzte Fruit of the Loom mit einem mehr als korrekten aprikofarbenen Polo zu vertauschen, sich das Gesicht mit einer Hand zu waschen, weil er die andere auf den Hahn mit dem eiskalten Wasser gepreßt halten mußte, und sich mit nassen Händen zu kämmen, bis es fast so aussah, als hätte er Gel in den Haaren. Sein Gesicht war derart gebräunt, und er hatte so was von einem Dreitagebart, daß er als Student durchgehen könnte oder jedenfalls als respektabler junger Mann, ein Ziel, von dem ihn das in Paß und Ausweis gedruckte Geburtsdatum unerbittlich trennte; gerade mal siebzehneinhalb, und er rauchte keine Zigarillos, hatte kein Auto und keine Ahnung von geschmackvoller Kleidung ... Kurz gesagt, der alte Alex wußte, ihm fehlte die verdammte Ausstrahlung, die *jeden* umgibt, der eine Wohnung mit Postern von Corto Maltese hat, einen festen, aber nicht allzu festen Partner, eine Art Arbeit, richtige Feste, zu denen man gehen kann, und ein Motorrad und so.

All diese Gottesgaben konnte er versuchen nachzuahmen, aber nicht *exakt* reproduzieren. Das würde Jahre dauern. Und in der Zwischenzeit mußte er lernen, Weine zu unterscheiden, und diese *grauenhaften* Turnschuhe wegzuwerfen.

Mit Siebzehnjährigen muß man nur zehn Minuten reden – mit den Jungs, meine ich, denn mit den Mädchen ist es noch eine andere, kompliziertere Geschichte –, und es stellt sich gleich heraus, daß sie wahnsinnig unsicher sind.

›Es genügt zu hören, wie wir reden‹, ging unserem Rocker durch den Kopf. ›Wir lassen uns zu all den syntaktischen Kunststückchen hinreißen, die rein gar nichts von der geilen Lässigkeit der Typen haben, die den Konjunktiv falsch benutzen und sich nichts draus machen ...

Unser Slang‹, überlegte der alte Alex weiter, ›kommt hauptsächlich aus der Schul- und Wichsecke und hat einfach nicht dieses Coole von Jazzclub-Besuchern, das wir dann hoffentlich irgendwann erreichen . . .‹

Aber nach all diesem Hin und Her war sich unser Rocker quasi sicher: es war *allein* eine Frage der Zeit; und das hatte Alex der Durchblicker durch die Art kapiert, wie ihn die Schalterdame in der cremefarbenen Bluse anlächelte – die Welt der zivilen Luftfahrt mußte ein Inferno der Perversion sein, das Leben der Stewardessen und Stewards ein unbeschreibliches, promiskuöses Chaos.

Sie hatte nämlich nicht den nachsichtigen Blick drauf, der für Kinder bestimmt ist, und auch nicht den gereizten Ausdruck für einen jugendlichen Nerver Typ Forever young. Jesus, sie sah ihn *berufsmäßig* an, wie einen respektablen Kunden, einen verdammten jungen respektablen Kunden.

Dann, als er mit dem Chef voll gleichberechtigt sprach, spürte unser Crack das wohlige Schaudern des Inkognito und das – dunkle – Gefühl, so eine Art Spion auf fremdem Territorium zu sein. »Ich darf Sie um Verständnis bitten . . . einige unglückliche Fehlleitungen . . .«

Aber hallo, Girardengo spielte den Part, daß es eine Lust war. Wie ein erfahrener Schauspieler. Ohne sich vor Aufregung vollzumachen, daß er endlich wie ein Erwachsener behandelt wurde, gestärkt durch die Kultbücher auf diesem Sektor: Bekenntnisse des Hochstaplers Felix Krull und Creamtrain. Und doch, irgend etwas ließ ihn weiter fürchten, daß dieser Mann in der betreßten Uniform jeden Augenblick von seinem Platz am Schreibtisch aufstehen, ihm fest in die Augen sehen und aus einem Zentimeter Entfernung ins Gesicht zischen könnte: »Meinst du, wir wissen nicht, was für Scheißmusik du hörst? Meinst du, wir wissen nicht, daß du in deinem Koffer ein Paar Doc Martens und zwei T-Shirts mit den Sex Pistols hast? Das ist doch Krach und keine Musik! Und jetzt mach, daß du wegkommst, bevor ich die Hunde loslasse, du Scheißjugendlicher!«

Okay, die Abflugzeit schien jetzt definitiv. Um zwanzig vor neun würde der Schaden an der DC-9 nur noch Erinnerung sein, die Motoren würden dröhnen – das Flugzeug auf dem Runway –, und Kapitän Pusceddu würde ihn hoch in die Lüfte heben, den Clan der Bolognesen, die ganz rot vor Scham waren, wie sie sich vor allen Airlines der Welt blamiert hatten, aber banal glücklich, nach Hause zurückzukehren. Jedenfalls hatte der alte Alex mit diesem gewissen triumphierenden Schritt den kleinen Alitalia-Käfig verlassen können, voll durchdrungen von der Befriedigung, mit beachtlichem Erfolg eine der vielleicht neunundzwanzig Initiationszeremonien ins Erwachsenendasein bestanden zu haben.

Es fehlten kaum three hours bis zum Abflug, doch unser Rocker hatte nichts zu tun und hätte lieber irgendwas gemacht, zum schlechtesten Album der Pet Shop Boys auf einer Rave Party getanzt, dem Chef am Schalter von Alitalia geholfen, den Boden geputzt – denn jetzt hierbleiben und nichts tun war verdammt brutal.

Also hatte er sich wieder etwas weniger kriegerisch gegeben – Schlurfschritt und sofortige Aufgabe des Benehmens der soliden Jugend aus der Poebene – und sich in den neonmäßigen Kiosk-Kartenladen-Drugstore geschleppt.

Drinnen gab es *ganze* Regale mit Emmundemms, die *dreimal* so groß wie in Italien waren, verdammt. Und in full colour, hingegossen auf der Titelseite vom Daily Mirror, ein Mädchen mit zwei planetarischen Titten, verhüllt von einem halbtransparenten Schleier, das more on page nine versprach, und ein Kerlchen mit purpurrotem Gesicht konnte sich nicht zurückhalten, sich über den Daily Mirror-Packen zu beugen, wohl in der Hoffnung, keiner käme auf die Idee, daß er mit Blicken eben page nine verschlang.

Zwei überdrehte Mädchen aus Rom, flache Hintern, zickige Frisuren, in Leggings mit gemeinen Querstreifen, kicherten und schlugen sich gegenseitig auf die Schulter, unentschlossen, ob sie eine Zeitschrift kaufen sollten, die zwischen all den Playboy und Mayfair lag. Auf der Titelseite ein maliziös lächelnder Muskeltyp mit dem Gesicht eines schwulen Erzengels, der damit beschäftigt war, seinen Bizeps auszustellen und in seinem Päckchen herumzukramen. Ganz klar zog diese wunderbare Zeitschrift sie unwiderstehlich an – die beiden hatten die *gleichen* Sonnenbrillen –, doch sie waren auch sehr verlegen und konnten sich nicht entscheiden und kicherten weiter und streckten, vor Scham errötend, nach diesem Totem, das ihre Sekretionen auslöste, die Hand aus und zogen sie wieder zurück, kreischten: »Scheiße, mach du's!« und »Nein, du!« und »Nein, du holst es!« Plötzlich sah der alte Alex eine Art Filmsequenz vor sich, die ihn ganz schwindlig machte: eines der beiden Mädchen, nach Italien zurückgekehrt, wie es einer Gruppe von sieben oder acht Freundinnen, die alle gleich aussahen, mit Jeansjacke, x-Beinen in Leggings, erzählte, wie sehr es sich in England mit Maddalena amüsiert habe. »Wir haben superliebe Jungs aus Mailand kennengelernt, die uns vielleicht in diesem Sommer besuchen kommen, und einer von ihnen heißt Simone, der ist geeenial, ich hab hier ein Foto von ihm, und fast jeden Abend sind wir betrunken gewesen!«

Als dieser Schwindelanfall vorbei war, stürzte der alte

Alex zum Ausgang und griff nur eine Musikzeitung und einen Schokoriegel. Dann, um acht, nach den längsten Stunden seines Lebens, die er im Our Price Music Shop des Flughafens mit dem Lesen der song lyrics in den Kassettenhüllen verbracht hatte, war das rote Lämpchen auf der Tafel der international departures auch für seinen Flug angegangen und hatte ihn aufgefordert, zum check-in zu kommen. Wie dem auch sei, die Red Hot Chili Peppers hatten an der Gitarre zuerst einen gewissen Hillel Slovak, der nicht mehr lebt und dem Mother's Milk gewidmet ist, und genau an diesem Morgen hatte unser Rocker in Vox gelesen, daß jetzt auch Jack Frusciante aus der Gruppe ausgestiegen war.

Jack Frusciante war der neue Gitarrist der Band gewesen, ein paar Jahre lang. Er war ein magerer und muskulöser Typ, so um die einssiebzig groß. Das heißt ein echter Zwerg, verglichen mit seinen Kollegen, diesen typischen Schränken vom kalifornischen Strand. Jedenfalls hatte er denkwürdige Frisuren, Pilzkopf wie frühe Beatles oder rasierter Schädel mit einem dicken Büschel bis über die Augen, ewig in Skaterhosen und Turnschuhen. Er stand immer ein bißchen im Schatten der anderen Bandmitglieder, denn die Bühne der Red Hot wurde von Anthony, dem Sänger, monopolisiert, und dann von dem mehr als auffälligen Bassisten Flea, der in dem Video von Behind The Sun eine Hose anhat, die nur aus Spielzeug besteht – Puppen, Bauklötze, Stoff- und Plüschtiere.

Er war bestimmt kein besonders talentierter Gitarrist, der alte Frusciante, doch er tat, was er tun mußte, bewegte sich zum fließend elektrischen Sound der Band, ohne je hochzuschauen, ohne mit durchgeknalltem Blick in die Kamera zu starren wie Flea. Alex erinnerte sich an ihn besonders aus dem Video von Under The Bridge, wo er das Intro auf einer Fender Jaguar spielt, in Indiopullover und Kapuze, vor einer plumpen Westernszenerie. Und jetzt, absolut unerklärlich, hatte der alte Frusciante die Gruppe verlassen. Jetzt, wo es nicht mehr darum ging, für Hungerlohn in einem Club in Hollywood oder bei Underground-Festivals zu spielen, jetzt, wo es massig Geld regnete und die Welt-Tour lief. Jetzt, wo die goldenen Platten kamen, die Grammy Awards, der Ruhm und die Sicherheit, war er gegangen.

Und vielleicht würde der alte Frusciante allein ein Niemand sein, weil er noch zu wenig bekannt war. Es war also kein Schachzug à la Peter Gabriel gewesen, der Genesis auf dem Gipfel der Popularität verläßt, um eine glanzvolle Solokarriere zu machen.

Für Frusciante war es wahrscheinlich nur die Rückkehr nach Hollywood, Drogen, vielleicht eine neue Band von gerade mal lokalem Ruhm; und die Manager würden mit fluoreszierenden Buchstaben J. Frusciante Former Red Hot Chili Peppers Guitarist auf die Plakatwände ihrer Clubs schreiben, und er würde dort spielen, während die Leute rauchten, ohne ihn groß zu beachten, und vielleicht würde sich ein Mensch mit einem guten Gedächtnis fragen, warum der so was Dummes getan hatte . . .

Sicher war es schwer, eine Entscheidung zu schlucken, die so unverständlich war, und der alte Alex, der es bisweilen liebte, über das feingesponnene Netz des Schicksals nachzudenken, hatte sich darüber den Kopf zerbrochen, bis er an Bord ging.

Dann, als er erst einmal im Flugzeug war, wurde ihm zu seiner großen Enttäuschung erneut das ganze Provinzielle klar, das er bei diesem englischen Zwischenspiel verdrängt hatte; der starke Akzent seiner Reisegefährten, die geringe Kompetenz der Musikredakteure vom Carlino

– habt ihr je die Plattenkritiken gelesen? und die Filmkritiken? – und hinter ihm ein unrettbar endblödes Pärchen.

Sie, eher tumb als zickig, flog zum ersten Mal und tat nichts anderes, als ihrem Freund dumme Fragen zu stellen: Warum hebt sich (senkt sich) das Fahrgestell? Wo sind die Bremsen? Über welche Stadt fliegen wir jetzt?

Er schien in Besitz einer komplexeren Persönlichkeit: außer daß er sich als abwechslungsreicher Kabarettist mit ein paar grauenhaften Witzen über Flugzeugabstürze qualifizierte – zwei Schwänke, die es immerhin schafften, seiner Partnerin wieherndes Gelächter zu entlocken –, bemühte er sich auch, befriedigende und einfache Antworten auf ihre aeronautischen Quizfragen zu finden, so vom Typ: es scheint so, als würden wir in der Luft stehen, aber wir fliegen sehr sehr schnell; aber auch unter Verwendung von Fachausdrücken aus der Abendschule: Der Kapitän fährt das Fahrgestell aus, um der Luft Widerstand zu bieten. Wir überfliegen gerade den Luftraum Frankreichs (der Schweiz).

Alex war eingeschlafen, bevor sie: Aber was geschieht, wenn das Fenster kaputtgeht? fragen konnte, und träumte, am Rande eines riesigen Swimming-pools zu liegen, mit bildschönen Mädchen und seinen Scout-Freunden und den Schulkameraden und den Katechismus-Punk-Gitarristen, auch die, denen er selten begegnet war und mit denen er vielleicht nie mehr als ein paar Worte gewechselt hatte oder die die Truppe vor Jahren verlassen hatten, und alle waren fast die ganze Zeit still und küßten fast alle Mädchen und hörten Rock in der Art von Nirvana, vollgestopft mit Schokolade und abgefüllt mit Wein, und keiner kotzte oder mußte um elf nach Hause oder sagte: das ist doch Krach und keine Musik.

Als er wieder wach war, blätterte er die Zeitung durch:

In der interessantesten Nachricht ging es um einen Panther, der aus einem Zirkus ausgebrochen war und wütend durch Mittelitalien streifte. Genau diese Art von Nachricht belebt die italienischen Sommer und läßt allen Mammas den Atem stocken, die dann ihren Kindern verbieten, im Park zu spielen, weil sie fürchten, sie würden von einem Panther verschleppt (ehrlich?), und trägt so entscheidend dazu bei, das Niveau des nationalen Fußballs zu senken. ›Noch zwei oder drei Generationen Panther‹, dachte der alte Alex, ›und wir gewinnen nicht mal mehr einen Uefa-Cup.‹

Seinen letzten Tag in England hatte er in Skaterhosen im Garten der host family verbracht. Die Zeitungen erschienen mit der Schlagzeile »Heatwave« wie in Do The Right Thing, und für diese Gegend war es *ernsthaft* heiß.

Er hatte jedenfalls mindestens zehn Stunden so herumgelegen und mit dem überhitzten Walkman die Pixies und die Pogues gehört, geschmolzene Schokolade neben seinem Kopf. Und er war sogar eine ganze Weile eingeschlafen. Fakt war, daß er jetzt eine sonderbare, neue Farbe hatte. Beige mit fuchsienfarbigen Streifen.

Dann, vom Flughafen bis zur Rückkehr nach Hause, war alles so, wie er es erwartet hatte: der Kanzler hatte ihn abgeholt, und Tortellini und Carpaccio mit viel Limone und Apfelkuchen, und wie ist es gewesen, na los, erzähl doch mal und so weiter, bis unser Rocker sein immer noch gleiches Zimmer wieder in Besitz nahm: die Fotos von Malcolm X und den Sex Pistols über dem Bett, in grauem Unterhemd und Jeans herumliegen, der Stapel Briefe von Aidi in der Schublade, die stinkenden Nike auf die Terrasse, das Poster der Blues Brothers und die Madness und die Clash und das Demotape der Orange.

Aus dem magnetischen Archiv des Herrn Alex D. Sozialismus oder muerte. Ich bin heute aus England zurückgekommen, und in meinem Kopf blubbern die Gedanken nur so, während ich hier allein in meinem Zimmer bin. Die Frage, die mich in den letzten Wochen ziemlich gemartert hat – weitere Etappe oder vielleicht einfache Voraussetzung meiner Theorie über die Totale Komödie: welchen Sinn hat es, im Leben aufrichtig zu sein?

Ich meine, ist das nicht vielleicht einfach nur Zeitverlust und basta?

Manchmal passiert es mir, daß ich denke, ehrliche Beziehungen mit Leuten zu haben zahlt sich nicht aus – mit manchen Leuten, meine ich, also die, bei denen es überhaupt der Mühe wert ist, über die Floskelwichserei, das Raushängenlassen der höchstpersönlichen Mißlichkeiten und insgesamt das ganze Scheißefressen des Und-zu-Hause-alles-in-Ordnung? rauszugehen. Es gehört sich doch eigentlich, was vorzuspielen und zu betrügen, nicht wahr? *Alle* spielen die Zyniker, doch die einzigen, die wirklich zynisch sind, das sind die, die es *nie* eingestehen, diese Mädchen, die sich so stellen, als würden sie sich nicht verstellen, diese Engelswesen, die abends einschlafen und mit der Sonne aufwachen und inzwischen den einen betrügen, der sie ansieht und meint, endlich ein einfaches und aufrichtiges Mädchen gefunden zu haben, während sie *vortäuschen,* rot zu werden.

Wenn ich schöner wäre, könnte ich mich im Film spielen.

Der Punkt ist, daß sie mich den Pakt mit dem Teufel nicht schließen lassen, gegen die Praktiken des Dorian Gray kommt man einfach nicht an, ich fühle mich zu unfertig, zu unvollkommen; die Figur in meiner Nähe, die am ehesten an den Abgesandten des Bösen erinnert, der geschickt wurde, mir einen faustschen Pakt vorzuschlagen, ist ein Postbote mit Halbglatze, der manchmal auftaucht, um mich Empfangsbestätigungen unterschreiben zu lassen, wenn meine Eltern nicht da sind, oder mir Karten aus Badeorten zu bringen, wo meine Freunde sich mächtig wichtig machen.

Aber warum diese Depression ohne Ende?

Und vor allem: warum haben die Leute keinen Stil?

Gangster tragen einen Overall oder Jeans, jetzt denkt mal an den Rest . . .

Von meinen Altersgenossen war Martino mit Abstand derjenige, der am meisten Stil hatte. Es reicht nicht zu lügen, zu betrügen und was vorzuspielen. Man muß es gut machen, gratis und ohne Nebenabsichten. Man muß es aus Liebe zur Kunst tun.

Eine reiche Frau heiraten, um viel Geld zu haben, das man ausgeben kann, würden alle tun, das ist zu dumm; ebenso sich ein schönes Auto kaufen, um Mädchen anzulocken, oder mit einem Mädchen zusammenbleiben, um mit ihr Sex zu haben. Das ist alles gnadenlos durchsichtig.

Wie auch immer.

Bin ich bereit, mir Gründe und Gegengründe des Gewissens auf die Schuhsohlen zu nageln und nur das zu suchen, was mich glücklich macht, wodurch es mir gut geht, was mich zum Lachen bringt, um mich wirklich lebendig zu fühlen?

Ja, dazu bin ich bereit. Und das ist nicht alles. Der Punkt ist, daß ich daran arbeite, besser zu werden, weil genau das eine schwierige Angelegenheit ist. Und außerdem will ich nicht in den oberbanalen Fehler verfallen, die Existenz oder gar die grundsätzliche Bedeutung von Gefühlen zu verneinen, ein Fehler, der zu einer jämmerlichen Kehrtwendung im späteren Leben führt, wenn man die Liebe gerade noch in den Rubriken Bekanntschaften oder Heirat suchen kann, gegen vorherige Überweisung.

Wenn man erstmal ein 50jähriger Berufstätiger, seriös, dynamisch, mit viel Lust auf Leben, ist, der eine max. 25jährige Frau sucht (keine Profis bitte), kostet jedes Wort viel Geld.

Okay. Ich glaube, ich bin tausend Meilen von einem gelangweilten und discomäßigen Hedonismus entfernt.

Die ganze Kunst besteht darin, Gefühl und Stil zu dosieren, die spontane Wut des Punk und die formale Strenge des Jazz zusammenzubringen, um die größte Revolte aller Zeiten auszulösen.

Adelaide wird das nie verstehen. Niemand wird das je verstehen, doch ihr will ich es erzählen, bis sie wirklich in meine Welt eingedrungen ist. Wenn ich sicher wäre, daß sie bei mir ist, hätte ich weder vor Amerika Angst noch vor der Zukunft, noch vor dem Tod.

Bin zum Schluß ich der Ausgeflippte? Stehe ich am Anfang einer Straße, die nirgendwo hinführt? Stehe ich am Anfang einer Straße, die nach oben geht? Bin ich in der Gruppe? Bin ich raus aus der Gruppe? Bin ich im Buch? Bin ich raus aus dem Buch? Bin ich in Aidi verliebt?

Wäre ich glücklich mit ihr, wenn sie nicht nach Amerika gehen würde, oder geschieht all das Schöne nur, weil wir nur wenige, nur so wenige Tage zur Verfügung haben? Werden wir je normal zusammensein, auf die Art: willst du mit mir zusammensein? O ja, Lieber! Wäre das schöner als so? Ich weiß nicht, ich glaube nicht. Jedenfalls ist alles derart durcheinander . . . Aber klar kapiere ich nicht, warum wir uns nicht küssen usw. Sie ist ziemlich eigen, diese Adelaide, die ich vor vier Monaten nicht mal kannte und die jetzt, okay, ein Teil von mir ist . . .

Ach was weiß ich. Gute Nacht.

Seid bereit, denn ihr wisset weder den Tag noch die Stunde.

Lange geschlafen.

Aus dem magnetischen Archiv des Herrn Alex D. Dringend notwendig, mich über das Ende des Schuljahrs zu informieren. Ich begab mich also heute morgen ins graue Caimani-Gymnasium, um zu erfahren, welche Noten ich bekommen hatte, und auch ein bißchen deshalb, weil ich wissen wollte, wie es meinen Freunden ergangen war.

Tony hat einen double down hingelegt: Latein und Griechisch, beides nicht ausreichend; Oscar und ich haben unsere Linie granitharten Desinteresses mit der potenzierten Verärgerung der Lehrer bezahlt: sie haben unseren guten Durchschnitt ein bißchen gedrückt, und das sieht so arg nach Rache aus, daß man nur gähnen kann.

Ich kann sie förmlich vor mir sehen, meine Lehrerinnen, wie sie im Kreis sitzen, Schenkel und Hintern eingezwängt in Stützstrumpfhosen, in denen sie mörderisch schwitzen. Gigantische Unterhosen haben sie an. Verstärkt, vernietet, gepanzert. Und Pflaster auf den aufgeschürften Füßen, weil sie auch im Sommer diese Altfrauenschuhe tragen.

Sie befinden feierlich über die mehr oder weniger guten Intentionen der Schüler. Ich sehe die Ciuncoli wie auf einer Fotografie, in ihrem ätzenden Sommerkomplet; sie entscheidet, wem man noch einmal eine Chance gibt und wem nicht, sie stellt fest, faßt zusammen, reagiert ihre Frustrationen ab, daß kein Mann sie je beachtet hat und sie an der Universität nicht Fuß fassen konnte: sie hat noch lebhaft vor Augen, wie ihr Forschungsdoktorat ablief und nicht erneuert wurde, der lange Weg zur Lehrbefähigung, der cursus honorum zu Ende, bevor er angefangen hatte, die Degradierung zur Gymnasiallehrerin . . .

Dies ist meine kleine einfache Welt, das Caimani-Gymnasium in Bologna, wo ich mehr oder weniger freundschaftliche Beziehungen eingehe, mir meinen Pausensnack kaufe und wo man kontrolliert, bis zu welchem Grad ich mich einfüge. Dies ist der Hühnerhof, wo sie mir beibringen, mit meinesgleichen zu interagieren. In der Gruppe zu bleiben, den Kopf nicht rauszuhalten.

Und dann ist sie da, Aidi, für die kein Loblied genug ist, keine Definition, für die ich hoffe, daß es Gott heute nicht regnen läßt. Für unsere erste Begegnung nach vierzehn Tagen mit Darts in George's Inn und coyotenmäßigem Anlächeln des blonden Zeitungsmädchens haben wir telefonisch abgemacht, uns im Park zu treffen, weil es ist wirklich Juni, wir sind im Hier und Jetzt, und in zwei Wochen werden wir uns nicht mehr sehen, echt.

(Er hatte Lust, sie einen ganzen Tag lang am Stück zu umarmen, für all die Male, wo er es würde tun wollen, und sie wäre hunderttausend Kilometer weit weg.)

Sie hatten sich in die Sonne nahe dem kleinen Teich mit den Gänsen gelegt. Hier hatten sie sich schon hundertmal die Story von den Enten im Central Park erzählt, wo Caulfield mit dem Taxifahrer spricht und ihn fragt, wohin diese Enten denn im Winter gehen.

Da waren also all diese wiedergefundenen Wunder und

die Sonne und die Gänse und die unvergeßlichen Romane, aber irgendwann kam doch die Geschichte mit Mattia heraus.

Jesus, dieses Schwein war wirklich die gesamten zwei Wochen hinter ihr hergewesen, als der alte Alex mal gerade nicht da war, und hatte sie kurz gesagt echt *massiv* angemacht, Scheiße.

Dieses Schwein hatte versucht, sich zwischen ihn und Aidi zu stellen.

Aidi hatte sich auf das standardmäßige »Ich finde dich nett und interessant, aber ich kann nicht mit dir gehen« zurückgezogen.

Alex hatte *nichts* dagegen – mein Gott –, daß irgendwelche Jungen hinter ihr her waren, und hatte ja auch kein Recht zu protestieren, weil sie waren ja nicht mal zusammen, aber die Geschichte mit Mattia hatte ihn aufgeregt.

Wenn Aidi bei seiner Rückkehr nach vierzehn Tagen London inklusive Darts-Abende mit Mattia oder irgendeinem anderen genialen Hirten glücklich gewesen wäre, hätte er nicht einmal in Bologna bleiben mögen, sondern wäre gleich mit der Familie in die Berge gefahren.

Was Mattia anging, so war er ein absoluter Hurensohn. Er hatte schließlich nie auch nur angedeutet, daß er an Adelaide interessiert war, und hatte ganz cool gewartet, bis Alex außer Landes war, um diese Sauerei zu versuchen. Er war und blieb ein elender Bastard, auch wenn er seine Strafe schon gehabt hatte.

(Im ersten Moment hätte er ihn am liebsten niedergestochen und ihm ins Gesicht gelacht.)

(Schließlich kam er zu dem Schluß, daß es nicht der Mühe wert war.)

Er würde ihn am Nachmittag treffen, um ihm die Situation zu erklären und ihm zu sagen, daß er zusehen sollte, sich bis zu Aidis Abreise von der Platte zu machen. In Zukunft würden sie wieder was zusammen unternehmen können, Bier trinken und Platten klauen und zu Festen gehen, aber von seiner Seite her würde es nie mehr Freundschaft sein.

Mattia sollte es leid tun, auch wenn sich nach außen hin nichts ändern würde.

In der frühen Nachmittagssonne war er wieder im Park, stand vor ihm. Mattia in seinem himmelblauen langärmeligen Lacoste und mit dem Tonfall von einem, der Verständnis verdient, saß da und sprach, als wäre er allein, rechtfertigte sich, ohne daß Alex darum gebeten hätte. Eine ferne Stimme, die im Jammerton leierte: ». . . Und ehrlich, ich habe in der Zeit einfach nicht an dich gedacht . . . Ich habe keine Entschuldigung dafür, weil ich weiß, daß es keinen Sinn hätte . . .«

Im Park ging das übliche Leben weiter: im Hintergrund die Sprünge der Skater-Aspiranten, wie immer ungeschickte Zwölfjährige längs dem schwarzen Streifen der Allee; Großmütter gingen mit Kindern an der Hand spazieren; ein Pärchen, das nicht aufhörte, sich zu küssen und auf der Wiese zu wälzen, wobei er alles versuchte, daß sie ihre Hände auf sein Päckchen legte.

Mattia redete weiter wie der perfekte Kleinwichser.

(Er bittet alle um Entschuldigung, die sich in den Figuren wiedergefunden haben oder explizit zitiert worden sind und sich in ihrer Rolle nicht erkennen. Außer Mattia. Diese ganze Geschichte ist seine Wahrheit, und wenn sie nicht erzählt worden wäre, dann wäre er daran erstickt.)

Er hätte ihn mit einem schönen Fußtritt ins Gesicht überraschen können.

Nein, nein, nein.

Und nicht weil er Angst hätte. Mattia tat ihm leid und sonst nichts.

Schließlich soll man nicht mit Kanonen auf Spatzen schießen.

Er hatte ihn mit einem Blick wie Lee van Cleef auf dem Plakat von The Good the Bad and the Ugly angesehen und zu ihm gesagt:

»Du weißt nichts. *Nichts.* Und es geht dich einen Dreck an, *was* zwischen Adelaide und mir ist. Du wußtest, daß ich ausklinke, wenn du dich da einmischst, und hast es trotzdem getan. Du bist Kilometer von uns entfernt, verstehst du? Du bist Asche. Es geht dich einen Scheiß an, okay? Und jetzt mach die Fliege, fahr ans Meer, in die Berge, an einen See, fahr, wohin du willst, aber versuch ja nicht, Adelaide wiederzusehen. Du rufst sie auch nicht an. Und wage es nicht von ihr zu träumen, ist das *klar*?«

Mattia hatte einen wütenden Alex erwartet und war auf einen getroffen, der beachtlich kalt und distanziert war. Zum Schluß ging er reichlich überstürzt weg, ziemlich angeschlagen.

Alex holte ihn mit dem Fahrrad ein, kaum daß er aus dem Park raus war: »Ich bin keiner von den Typen, die rumziehen und die Leute bedrohen, aber ich hatte dir nichts getan, und du hast versucht, mich reinzulegen. Den Frieden hast du aufgekündigt. Und ich tu dir nichts, weil du hast dein Fett schon weg, und außerdem kann ich jetzt keine Probleme brauchen. Ein anderer an meiner Stelle hätte vor dem Haus mit zwei Freunden auf dich gewartet. Ich gebe dir Bewährung. Denk, was du willst, aber wenn du das nächste Mal eine Idee von der Art hast, bezahlst du auch für diesen Geniestreich. Das ist alles.«

Während sich Mattia im Hintergrund mit schnellem Schritt aus seiner Freundschaft entfernte und sich dabei ab und zu umsah, stürzte sich unser Rocker mit dem Refrain aus einem Stück der Snap in die Alleen und boxte, als er an einer Ampel anhielt, mit den Gedanken bei Robert De Niro in Wie ein wilder Stier, ganze Sequenzen von Faustschlägen in die Luft.

Dann fuhr er zu Aidi und sagte voraus, daß Mattia im Lauf der nächsten Stunden anrufen würde, und sie meinte, sie sollten sich ihren Juni nicht durch die Launen von so einem Typ verderben lassen.

Klar, richtig.

Kirschen im Garten essen, Aidi, die rauszieht, was *das* Heft werden soll – einen schönen Block aus Prag –, und dann sind sie beim Reden über das mehr oder weniger Exklusive ihrer Beziehung schließlich ins Stocken gekommen. Also haben sie abgemacht, nicht mehr darüber zu sprechen, und noch mal bekräftigt, daß sie immer und ausschließlich tun würden, wonach sie sich fühlten. Wenn sie sich gegenseitig vertrauten, könnte das keinem weh tun. Oder vielleicht doch, vielleicht sogar sehr, aber es war Juni, und es ging darum zu leben und nicht um hochphilosophische Fragen.

›Wer weiß, vielleicht kann ich eines Tages bei ihr schlafen.‹

Er wußte sehr gut, daß die Eltern es ihm nie erlauben würden, doch er würde sich für die nächste Woche, wenn der Kanzler und die Madre und der Milchbruder weg wären, etwas überlegen.

Verschiedene Projekte, Sachen zu erledigen.

Eine endliebe Umarmung im Abendrot, und er stürzte

sich mit großer Geschwindigkeit in die Abfahrt der Via Codivilla, genug Stundenkilometer, daß er es nicht schaffte, die Augen offenzuhalten, ohne daß sie tränten; das Hemd lag perfekt an seinem Oberkörper an; die Haare, für die momentane Spannungslage absolut unwesentliche Anhängsel, sahen aus wie nach hinten gewatscht; die unregelmäßige Nase des alten Alex teilte die Luft, deren fühlbare Dichte er spürte; Druck auf den Jochbögen; Trizepse und Rückenmuskel angespannt; keinen Input an den Körper weitergegeben, außer dem, sich so für eine Ewigkeit von fünfzehn Sekunden zu fotografieren. Ohne daß die Halsmuskeln sich bewegten, hatte er den Blick für eine Hundertstel Sekunde nach links geschwenkt, lang genug, um sicher zu sein, daß niemand das Graffito entfernt hatte, ein blaugelb-grünes Zucken, wie eine Newtonsche Scheibe, die von der Mauer abspringt und die Decke durchstößt, und dann wurde die Abfahrt langsamer, das Gefälle akzeptabel, die verschwitzten Strähnen klebten wieder am Kopf, das Hemd lag nicht mehr so eng an.

(Girardengo steuerte ziemlich sanft den Punkt an, wo er bremsen müßte, damit das Rad nicht blockierte.)

(Die Via San Mamolo war eine der Straßen, die unmißverständlich anstiegen, wenn man sie hochfuhr, doch in der anderen Richtung war es so, als hätten sie kein Gefälle: man mußte in die Pedale treten, um die Kolonne der Autos vor der roten Ampel zu überholen, die darauf warteten, sich in die Alleen zu ergießen.)

Aus dem magnetischen Archiv des Herrn Alex D. Abend. Sitze in einem Liegestuhl auf der Terrasse vor meinem Zimmer. Es ist kühl.

Höre mit Walkman die Smiths, während der Rest der Familie im Wohnzimmer versammelt ist. Mir geht es gut.

Gestern morgen war ich noch in London, und jetzt ist Juni, und morgen gibt es nur Aidi, auch wenn ich verstehe, daß es für mich eine einzige Person ist, die nach Pennsylvania abreist und dort ein Jahr bleibt, während sie sich von einem Haufen Leute verabschieden muß, und klar bin ich jemand Besonderes, aber an ihrer Stelle würde ich auch einen Haufen Dinge tun wollen und einem Haufen Leute auf Wiedersehen sagen. Ich darf also keinen Akt draus machen, wenn sie nicht vierundzwanzig Stunden am Tag mit mir verbringen kann.

In Ordnung. Es werden keine vierundzwanzig Stunden sein, es wird ein schöner Vormittag sein und eine kurze Verabredung am Nachmittag, nur um ein bißchen ins Heft zu schreiben.

Aidi will so viele Orte und Menschen wie möglich sehen und in ihrem Herzen mitnehmen, von denen sie zwölf Monate lang getrennt sein wird, und ich will sie nicht zu arg bedrängen.

Allen eine gute Nacht, ich putze mir die Zähne und schlüpfe in Boxershorts unter die Decke, mit laufendem Walkman.

Bigmouth strikes again.

Um halb zehn am gleichen Platz wie immer, zwischen Via San Mamolo und Via Codivilla; das Bike an den Plakatständer schließen, auf den er inzwischen den ganzen Text von Sunny Side of the Street geschrieben hat, hinter Aidi aufsteigen und weg, über die Hügel, wie an dem Tag vor der Abreise nach England.

Sie ließ sich von den dummen Geschichten des alten Alex nicht ablenken, und er hielt sie eng gepackt und hatte

Lust, sie zum Halten zu bewegen, sie zu küssen und weiterzufahren, ohne irgendwas zu sagen.

»Alex, erinnerst du dich, wie du mir diesen Brief mit der Geschichte vom Kleinen Prinz und dem Fuchs geschickt hast?«

»Klar.«

»Die hat mir unheimlich gut gefallen.«

»Ich weiß.«

»Ja?«

»Das hast du mir doch gesagt.«

»Hör mal, ich habe gestern darüber nachgedacht. Ich glaube, ohne daß das gegen die Freiheit von einem geht, ohne daß das irgendwie blockiert, also, ich glaube, daß wir uns gegenseitig gezähmt haben. Wir beginnen uns Sorgen zu machen, wenn der andere zu spät kommt ... Ich bin glücklich, wenn ich dich kommen sehe oder wenn ich mit dir zusammen bin, wir haben uns so viel zu sagen oder auch nicht zu sagen und miteinander zu schweigen.«

(Sie hielten sich weiter umarmt, als schon die ersten Tropfen des Gewitterregens fielen.)

Aidi würde ein Fest geben, wegen ihrer Abreise. Ein Abschiedsfest, das heißt ein Wiedersehensfest. Na ja, also ein Fest wegen ihrer Abreise, genau.

Am Nachmittag machte er sich mit der Elf B zu Depression Tony in die Ponticella auf: sie spielten mit einem Schlagzeug aus Büchern und Küchenutensilien ein bißchen Bluesrock.

Sie sprachen über irgendwelche unwichtigen Mädchen, die hinter dem und jenem her waren und sich dann zierten, zierten und noch einmal zierten, und hörten sich das Demotape der New Hyronie mit Claudio Severi an.

Am Morgen des Festes nieselte es, und man machte sich mehr als begründete Sorgen, daß man alles verschieben müßte, weil doch draußen gefeiert und sogar ein Feuer gemacht werden sollte. Eingeladen waren mehr oder weniger Aidis Klassenkameraden plus zwei-drei-vier Leute aus der Zwei, mit denen sie in Prag gewesen war.

Der alte Alex rief an, um zu fragen, wie der Zeitplan aussah. Aidis Mutter war am Telefon, und er hielt sie für die Tochter.

»Um fünf, Elena kommt auch, die aus der Zwei, von der ich dir erzählt habe«, sagte Aidi am Telefon zu ihm.

Das stimmte, sie hatte ihm von Elena erzählt. Ganz begeistert. Alex hatte versucht, sie sich vorzustellen, doch das Bild dieser Elena hatte keine klaren Konturen bekommen. Wie dem auch sei, okay, um fünf oben bei Aidi, um bei den Vorbereitungen zu helfen.

Die Gäste würden um halb acht kommen. Alles ganz informell.

Er in einem neuen Lacoste, Farbe Grasgrün, und weißen Leinenhosen, die Hoge ihm vermacht hatte. Einfach super! Er hatte sie anprobiert. Sie waren perfekt.

Alex war wie tot.

Er lag ausgestreckt auf der Couch im Wohnzimmer, gleich nach dem Mittagessen, um The Singles von den Clash in Nachbarschaftsstreitlautstärke zu hören, mit abgedrehtem Blick, Cola-Dose auf dem Boden, in Schwanzarschzone zerrissenen Shorts und Hooligan-T-Shirt, fixierte er die Decke und fragte sich besorgt, wie weit er noch vom Ende der A-Seite entfernt war.

Nach London Calling würde er diverse Muskeln aktivieren müssen, um hochzukommen und die Platte umzudrehen.

Plötzlich betrat eine Frau das Zimmer. Eine *wütende* Frau. Sie sagte mit sehr lauter Stimme, der junge Herr höre immer nur Musik, die Krach sei und keine Musik, und dann kalte Coca Cola um diese Zeit, jetzt rülpse er den ganzen Nachmittag, und wenn er nur hin und wieder ans Lernen denke, könne das nicht schaden, denn er sei Schüler, aber auch schon alt genug, um arbeiten zu gehen, und sie seien nicht gewillt, ewig die Launen des jungen Herrn zu ertragen, denn es sehe ja so aus, als habe er nur noch Zeit für seine Freundin Adelaide und als bedeute ihm seine Familie gar nichts, aber wohin gehe er denn, wenn er etwas brauche, doch nicht zu irgendwelchen Mädchen, dann komme er doch zur Familie, richtig? – also, etwas mehr Respekt bitte, *mein Herr*, ja?

Um fünf kam er keuchend auf dem Grasplatz vor Aidis Haus an.

Daß er den Walkman beim Radfahren aufhatte, war ein

eher einzigartiger als seltener Fall. Raw Power. Live in Parma.

Küßchen, Küßchen.

»Mir scheint, wir werden ein bißchen formell.«

»Gewiß.«

Er machte eine Bewegung, daß Aidi in die Knie ging, schleckte ihren Hals ab und lachte.

Auf dem Tisch standen ein paar Schüsseln mit Süßspeisen, die noch nicht ganz fertig waren, Mehl und Kakaopulver, vier oder fünf Pasteten und diverse Küchengeräte. Unsere Piraten sprachen über Aristoteles und Plotin, rührten dabei die Mischungen und gaben acht, daß es keine Kakaoklümpchen gab.

Die Tür.

Offensichtlich Elena.

»Ciao-ciao, Aidi hat mir viel von dir erzählt.«

»Ja?«

Elena, genau.

Sie stellte sich als annehmbar heraus, ein bißchen besserwisserisch, sehr beschlagen, was Studienreisen nach England anging; nihilistischer Look. Sie schien nicht blöd zu sein. Unser Rocker sah sie verstohlen an, wie sie zusammenmischte, was ein Omelette mit Zucchini oder so werden sollte.

Es war das erste Mal, daß er sich in diesem magischen Haus befand und noch jemand außer Aidi und ihrer Familie da war. Aidis Mutter, freundlich und großzügig mit Anregungen für eventuelle Snacks; Federico mit seiner Pistole und den Würfeln; Aidis Vater, der ab und zu auch auftauchte, immer ähnlicher einem Privatdetektiv aus einem amerikanischen Film; Chiara, Aidis Schwester, superschön und riesig nett, die sich viel um Adelaide kümmerte. Aber in ein paar Stunden würden haufenweise

Leute anrücken, und ein bißchen würde es entweiht, dieses geheime Haus im Wald.

Aber er durfte nicht schizo werden. Das Wesentliche ist für die Augen unsichtbar, hatte der Fuchs gesagt. Die Leute, die bald kommen würden, sie würden essen, witzeln, Küßchen verteilen, etwas erzählen, und am Ende würden sie weggehen und alles vergessen, ohne irgend etwas von der Magie des Orts mitzunehmen. Sie würden mit dem Auto oder dem Moped kommen, mit viel Krach, und sie würden nichts von der Erregung verstehen, den steilen Weg hochzuradeln, bei Sonne und Wind, wenn die Spatzen um einen herumflogen. Einmal hatte der alte Alex sogar ein Eichhörnchen gesehen, doch es war weggelaufen, bevor er es überreden konnte, ihm auf den Arm zu springen und mit ihm zu Aidi zu gehen. Für die anderen würde es eine dunkle, vom Scheinwerferlicht erhellte Straße sein, und basta.

Aus dem magnetischen Archiv des Herrn Alex D. Was für eine Frau, Aidis Mutter. Mit Sicherheit die am meisten beschäftigte Person, die ich kenne, mit drei Kindern in so unterschiedlichem Alter, doch sie ist immer fröhlich, freundlich und beladen mit chemisch nicht behandeltem Obst und Pasta aus biologisch angebautem Weizen.

Gegen acht, es dämmerte langsam, kam auch Francesca aus der 1c, und Frans Vater verabschiedete sich von Adelaide, die er ein ganzes Jahr nicht mehr sehen würde, weil für die Rückfahrt müßte Fran sich eine Mitfahrgelegenheit suchen, denn wir leben nicht für unsere Kinder – und kann sein, daß wir heute abend noch was vorhaben, ihre Mutter und ich. Er würde die beste Freundin seiner Tochter ein Jahr lang nicht sehen und verabschiedete sich von ihr mit dem traurigsten und unpassendsten Spruch, den Alex je gehört hatte: »Ja aber was willst du denn da drüben, wo Amerika doch hier ist! Wir haben es hier gefunden, unser Amerika!«

(Ihm voll eines in die Fresse hauen, ihn mit Gewalt ins Auto stoßen und den Metallicwagen mit Steinen bombardieren, während dieser Wichser mit dem Mund voller Blut die Flucht ergreift.)

Er selbst war der einzige, der nicht merkte, wie unpassend dieser Spruch war. Mit einem Lachen stieg er wieder ins Auto und fuhr zufrieden davon. Er würde sich ein gutes Quizprogramm auf Canale 5 ansehen oder vielleicht ein paar Seiten in einem Bestseller lesen, bevor er sich den Mund mit Antiplaque ausspülte und das Licht löschte. Vielleicht würde er auf dem Nachhauseweg noch Eis kaufen, um seine Frau zu überraschen. *Merde.*

Fünf Stunden später ging auch Pietro Rossi, der das ganze Fest damit verbracht hatte, herumzufragen, ob jemand ihn nach Hause bringen könnte.

Dann half der alte Alex Aidi beim Aufräumen. Es war ein schönes Fest gewesen. Nur daß er im Lacoste war, und wenn er so nach Hause fuhr, würde er sich eine Erkältung holen.

Sie landeten in ihrem Zimmer, Hand in Hand. Aidi machte ein paar Schwarzweißfotos von ihm, und dann eins zusammen, mit Selbstauslöser, Wange an Wange unter dem Plakat von Vom Winde verweht.

Dann lieh sie ihm einen schönen Pullover mit violetten und blauen Querstreifen. Ciao, Aidi, gute Nacht, ciao Alex, morgen um drei, ich hab dich gern, ich hab dich furchtbar gern.

Das steile Stück Weg auf der gegenüberliegenden Seite, nicht da, wo die Gäste heruntergefahren waren, sondern die Geheimstraße, die hinter dem Seminar vorbeiführte. Dort drinnen schliefen sie alle, die Ärmsten. Aidi hatte ihm erzählt, daß sie einmal, als sie zehn oder zwölf war und im Park spielte, von einer Bande Seminaristen entdeckt worden sei, die »Eine Frau! Eine Frau!« schrien und ihr *kilometerweit* hinterherliefen.

Im Sattel. Ja, die Hausschlüssel hatte er. Gut. Und ab ging's, eine geile Abfahrt. Wahrscheinlich putzte Aidi sich jetzt gerade die Zähne. Solange der Weg eben verlief, an Schnelligkeit zulegen. Eine Daumenbewegung, und der Dynamo ratschte gegen das Hinterrad. Er machte ein bißchen Lärm in der Nacht, aber ansonsten riskierte er, sich umzubringen, vom Weg abzukommen und runter in den Wald zu fahren. Erste Linkskurve. Das Gefälle fing an. Hier hatten sie einen ganzen Nachmittag, irgendwann im April, damit verbracht, darüber zu reden, ob es okay wäre, wenn sich einer von ihnen mit einem anderen einlassen würde. Alex war absolut dagegen, und außerdem ein übler Heuchler, weil später dann, in London, war er ungefähr *zwei Stunden* mit einer Polin zusammengewesen und dann mit einer Japanerin, aber er wußte nicht, ob das galt, weil es war in George's Inn nach vier oder fünf Pint passiert – am letzten Abend, als alle Japaner und Araber groß einen ausgaben –, und er wurde sich erst klar darüber, als er ihr schon Zungenküsse gab, einer vollkommen Fremden, Geschmack nach dreifachem Malt, an die Theke gelehnt. Ein Türke war vorbeigekommen, hatte auf italienisch »Bravo cazzo duro« gesagt, ihm einen Klaps auf die Schulter gegeben und ein Zeichen gemacht, daß er noch eine Runde ausgab, doch Alex hatte abgelehnt, dabei »Italien Türkei ein Gesicht eine Rasse« gemurmelt, denn noch ein Tropfen Alkohol, und er wäre voll abgestürzt.

Er hatte sie am Tag danach wiedergesehen, bevor sie nach Tokio abflog, und konnte nicht verstehen, was da passiert war.

Na ja, er hatte zwar irgendwie Geschichten gemacht, aber doch nie aufgehört, an Aidi zu denken, vielmehr hatte er Angst, daß er jämmerlich zurückstecken müßte, wenn sie mit einem anderen gehen würde, auch wenn er dann der erste wäre, der kapierte, daß es keinen Platz mehr für ihn gab, falls dieser Punkt erreicht war. Kein Gejammer, kein Gerede. Wenn Aidi mit irgendeinem gehen würde, dann wäre einfach sonnenklar, daß sie nichts verstanden hatte.

Er wäre ganz still auf und davon, hätte auf der Strecke abwärts vom Seminar mit aller Kraft in die Pedale getreten, und in den nächsten Tagen wäre er allein durch die Straßen im Zentrum gezogen, mit einem langen Gesicht und den Händen in den Taschen wie De Niro auf dem Plakat von Taxi Driver. Denn unser Rocker fühlte sich sehr wie De Niro in Taxi Driver: ein nutzloser Held.

Doch es würde absolut nicht so enden, denn Aidi war nicht der Typ für leichtfertige Geschichten, und anders als bei ihm konnte man wirklich daran glauben, wenn sie irgendwas tat. Er sah sie mit zweitausend Meilen wie ein Pfeil über den blauen Himmel schießen, und er hatte verstanden, ohne auch nur die Augen schließen zu müssen, daß er sie für immer in sich haben würde, egal was passieren mochte.

Gerade Strecke mit vierzig, fünfzig Stundenkilometern. Mit seiner lächerlichen Lampe konnte er so ungefähr zwanzig Meter weit sehen. Zum Glück kannte er den Weg in- und auswendig.

Und jetzt die Wette.

Schließe ich die Augen? Schließe ich die Augen? Schließe ich die Augen?

Eins-zwei-drei. Auch geschafft.

Linkskurve.

Dann totale Kurve, ein echter Knick nach rechts.

Er mußte ein bißchen bremsen, oder er wäre über den Zaun geflogen, und okay, da waren die Orthopädischen Werke Rizzoli, und so hätten ihn die von der Annahme am Morgen gleich gefunden, doch br-br-bremsen mußte man. In Ordnung, gut so, auch wenn ein bißchen was vom Mantel auf dem Asphalt geblieben war, und dann, weiter abwärts, geradeaus, nach rechts, scharf nach links, letzte Gerade, noch mal scharf nach links, vorbei an dem Tannenwäldchen, kam er direkt beim automatischen Schalter vom Löwentor an. Uh, eine echte Kurve für ein Motorradrennen, schnell nach links rüberziehen, um abzukürzen und nicht auf das vor dem Haus des Wärters geparkte Auto aufzufahren. Das Tor öffnete sich, Via Codivilla mit hundertfünfzig Stundenkilometern und Rückkehr auf Meereshöhe.

(Er hatte die ganze Via Saragozza mit einer extremen, rausgebrüllten Version von White Riot aufgeweckt.)

»Alex, passiert es dir nie, daß du denkst, wie absolut verrückt und gegen alle Regeln unsere Geschichte ist und daß die Leute sie nicht verstehen und daß niemand sie je verstehen kann?«

»Also, das denke ich praktisch jeden Tag. Manchmal frage ich mich sogar, wieviel ich selbst davon verstehe.«

»Eine Menge Leute fragen mich, wieso wir nicht zusammen gehen, und . . . ich weiß nicht, es ist komisch, wenn man richtig darüber nachdenkt. Tatsächlich müssen wir nach außen hin den Eindruck von zweien machen, die zusammen gehen.«

»Wir sind kein Paar . . . weil es okay so ist, weil der Juni phantastisch ist; und zu wissen, daß Amerika kommt und man sich alles sagt, weil es in einer Woche zu spät ist, das ist toll. Mir fehlt etwas, das weißt du. Ich möchte dich küssen und alles übrige, aber nicht so sehr wegen der Sache selbst . . . Wirklich, es ist schwierig . . . Es ist wie die Voraussetzungen schaffen, um dich ein bißchen mehr zu zähmen. So wirst du mehr Mühe haben, mich zu vergessen. Mit jeder Sache, die wir zusammen tun, werden wir mehr aneinander hängen. Ich habe Angst vor dem nächsten Jahr. Ich werde hundert Mädchen küssen, ins Bett gehen mit welchen, die mir nichts bedeuten, aber es wird nicht so sein, wie mit dir wegzugehen und den ganzen Nachmittag nichts zu sagen. Ich weiß schon, daß ich im nächsten Jahr die einfacheren, banaleren Dinge tun werde. Und mit dir ist alles so klar, ein Kinderspiel . . . Wenn ich daran denke, daß ich dich nie geküßt habe, Aidi . . .«

»Du weißt, man darf immer nur das tun, wonach man sich fühlt.«

»Sicher, das habe ich gesagt. Ich sagte, wonach ich mich fühle.«

»Und was fühlst du noch?«

»Ich fühle, daß dieser Juni, dieses Sich-jeden-Tag-mehr-Entdecken und jedes Stück von mir, das ich entdecke, wenn ich ein neues an dir finde, und jedes Stück von mir, das ich dir schenke, wenn ich eines von dir finde, das du mir, während ich schlief, in die Wollsocke neben dem Kamin gesteckt hast, schön ist. Das ist mir noch nie passiert. Und Aidi und Alex wachsen zu sehen, jeden Tag, jeden sonnigen Morgen, der für den Rest der Leute nichts

Besonderes bedeutet, heißt alle Vorhersagen umstürzen, heißt den Mann-der-die-sicheren-Prognosen-macht, der ganz genau wußte, daß Dänemark einen Haufen Tore einstecken müßte und aus der Qualifikation rausfliegen würde, auszulachen, weil Dänemark hat sich qualifiziert und spielt bei der Europameisterschaft gegen viel stärkere Mannschaften, und der-Mann-der-die-sicheren-Prognosen-macht kann es nicht fassen. Die Leute begreifen erst dann, wenn etwas schon geschehen ist, und nie, während etwas geschieht. Und bei uns beiden ist es das gleiche. Die Leute kapieren nicht, wie es möglich ist, daß zwei wie wir so eine verrückte Geschichte haben können, wo der-Mann-der-alle-Umfragen-kennt das doch kategorisch verneint hat.«

»Phantastisch. Und wie spielt Dänemark?«

»Gut. Man sieht, daß sie Spaß dabei haben.«

»Alex«, sagte sie und drückte seine Hand mit einer seltsamen Intensität, die ihn verwirrte. »Ich will, daß Dänemark gewinnt.«

Aus dem magnetischen Archiv des Herrn Alex D. Ich lese Kerouac, und geht mir nicht auf die Eier, weil ich lese Kerouac und höre all meine Lieblingsplatten, und ich lese auch Pier Vittorio Tondelli und Andrea De Carlo, die ich von den italienischen Schriftstellern langsam am liebsten habe.

Ich lege keinen besonderen Wert darauf, jemanden zu sehen.

Ich bin bei meiner Großmutter, um die Umquartierung vorzubereiten, mit dem Jollinvicta voller Bücher, Thriller der bolognesischen Autoren, einem Schlafanzug und zwei oder drei T-Shirts.

Aidi ist noch nie bei mir zu Hause gewesen.

Am Anfang, als wir uns noch kaum kannten, hatten wir mal abgemacht, daß sie einen Nachmittag zu mir kommt, doch als ich das dem Kanzler sagte, ging es total ab, und kurz gesagt war das Problem im Grunde, daß sie ein Mädchen ist.

. . . Und weil man lernen muß, sich die eigenen Freiräume zu verdienen und weil wer Fertigbrei ißt, nur ein Schlappschwanz wird und weil wir keine Schlappschwänze brauchen können, kannst du es wenigstens so handhaben, wie englische Schüler das tun, die die Tür aushängen, wenn sie ein Mädchen im Zimmer haben.

Pittoresk, aber wofür?

Das ist eine Form des Respekts.

Na aber klar. Kurz gesagt hatte ich keine Lust, daß meine Eltern Aidi den ganzen Nachmittag lang beäugten, also habe ich ihr erzählt, wie das Gespräch gelaufen war, und viele Grüße auch, jedenfalls ist sie nie zu mir nach Hause gekommen.

Wenn meine Familie abreist, also übermorgen in aller Frühe – meine Familie bricht immer zu irgendwelchen *wahnsinnigen* Zeiten wie Viertel vor sechs Uhr morgens auf; natürlich, ihr seid *unglaublich* langsam! –, wird das Haus versiegelt, abgeschlossen und wer draußen ist, ist draußen, und wer davorsteht, steht davor.

Und weil ich will, daß Aidi sieht, wie ich wohne, bevor sie nach Amerika fliegt, und weil sich meine Eltern vorsorglich meinen Schlüsselbund haben geben lassen, damit ich nicht ins Haus kann, habe ich mir, gleich als ich aus England wieder da war, beim Schlüsseldienst jeden Schlüssel *zweimal* nachmachen lassen, um auf jede Überraschung gefaßt zu sein.

Übermorgen früh werden wir die Schlüssel benutzen, um in das Geheimnis der verbarrikadierten Wohnung einzudringen, und am Telefon bin ich für keinen da, weil ich lese On the Road.

Verabredung um drei, mit einem traurigen Beigeschmack, denn letztlich bin ich wegen Aidi so glücklich, und wenn sie weg ist, was geschieht dann? Dann beginnt die Punk-Jazz-Revolution, und ich glaube an nichts und niemanden mehr und versuche nur zu leben und noch mal zu leben, das Größte, was Aidi mir beigebracht hat, auch wenn sie es anders auffaßt und so lieb und unschuldig ist und allen vertraut, auch dem ersten Mattia, der sich an sie dranhängt. Sie glaubt, daß alle gut sind und Aufmerksamkeit verdienen, und darüber muß ich lächeln, und es erfüllt mich auch mit großer Zärtlichkeit, und ein bißchen beneide ich sie, in ihrem magischen Haus im Wald, weil sie hat alle gern, und ich dagegen, der Taxi Driver und Existentialist.

Und es stimmt, daß man in seinem verdammten Leben von niemandem abhängig sein darf, aber ich bin gar nicht abhängig. Ich lebe auch allein, ohne von jemandem abhängig zu sein, wie ich es bis vor vier Monaten getan habe, mit Autopilot. Ich stecke die Hände in die Tasche und gehe, wohin der Weg mich führt.

Auch Martino hat immer gesagt, daß er niemanden braucht.

Aber schade, wenn ich mit Autopilot fliege, bestehen die schönsten Gefühle darin, sich am Samstag abend ein bißchen was reinzuziehen, um eine weitere Scheißwoche in der Schule zu vergessen, in der nichts passiert ist, zu kotzen, bevor man nach Hause zurückkehrt, und am Sonntag morgen mit Kopfschmerzen wie in der Parodie von Vascos Songs aufzuwachen.

Ich kann *überleben* mit Autopilot, doch leben ist was

anderes. Seit wir uns gegenseitig gezähmt haben, komme ich nicht mehr ohne sie aus, um auf einem bestimmten Level zu bleiben, logo. Und bei ihr ist es das gleiche, auch wenn ich das hundertmal hintereinander von ihr hören muß, weil meine Angst ist zu groß.

Als ich ihr das sage, sieht mich Aidi an und sagt nichts. Sie hat ein müdes Gesicht, weil sie gestern nacht, nachdem auch ich gegangen war, ein Buch zu lesen begonnen und es erst wieder weggelegt hat, als sie fertig war, und das ist noch nicht so lange her.

Ich starre ins Leere, ein halber Meter über meinem Kopf ein unbestimmter Punkt auf der weißen Wand, rauh, frisch, während ich fühle, daß ich drauf und dran bin zu . . .

Das einzige Mal, daß ich mit Aidi geweint habe, das war, als Martino gestorben ist.

Sie hält mich fest, fest, ganz fest, und als ich wieder nach unten schaue, weil mir der Hals weh tut, sehe ich, daß auch ihre kastanienbraunen Augen voller Tränen sind, die ihr über die dunklen Backen laufen, wie in einem Film, wo ich im Traum schon irre oft mitgespielt habe, vor einem Publikum aus Blinden mit 3-D-Brillen.

Ich streiche ihr mit dem Daumen über die Wangen, um die Tränen aufzufangen, die Reißaus nehmen wollen. Dann küsse ich sanft ihre weiche, zarte, salzige Haut.

»Laß uns ein bißchen gemeinsam schlafen, Alex«, sagt sie.

Wir legen uns aufs Bett, halten uns umarmt, und bevor ich einschlafe, spüre ich, daß mein Atem langsamer geht als ihrer. Wenn ich zweimal atme, atmet sie dreimal.

Das Heft machte Fortschritte, voll mit Zeilen aus Liedern, spontanen Einfällen, Dialogen, die unsere Piraten nicht mit lauter Stimme führen wollten, und sogar kleinen *Märchen*, verdammt. Am Tag der Abreise würden sie es versiegeln und in die Obhut von Aidis Mutter geben. »Von Zeit zu Zeit werden wir uns wiedertreffen, wenn es uns gefällt, mitten im einzigen Fest, das nicht enden kann«, hatte ein echt beachtlicher Schriftsteller wie Richard Bach in einem Büchlein über das Fernsein und die Anwesenheit *trotz* des Fernseins geschrieben. Jedesmal, wenn der alte Alex diesen Satz las, ließ er sich zu einer Unzahl von Gefühlen hinreißen, die alle mehr oder weniger mit der Vorstellung des Unendlichen zu tun hatten. Er bekam einfach Lust zu fliegen, aber gleichzeitig auch ein bißchen Angst, die er darauf zurückführte, mit Messer und Gabel essen und immer geradeaus gehen zu müssen, auf all die Überbaugeschichten, die den Menschen von dem Unendlichen entfernen, das er in seinem Innern hat.

Damals entdeckte unser sentimentaler Poet, daß Antoine de Saint-Exupéry und Richard Bach beide Piloten gewesen waren. Auch er hätte fliegen mögen, und in gewisser Weise hatte er das mit seinen metaphorischen Sprüngen schon bewiesen, auch wenn er genau wußte, daß er den ersten echten Flug gleichzeitig mit Aidi tun würde, ein Jahr ohne sie leben und aus dem schon geschriebenen Buch ausbrechen. Das gleiche Buch, dachte der alte Alex, das Martino nicht geholfen hatte zu leben.

Gut, Kinospannung. Die Eltern waren *gegangen*, endlich. Verschwenderisch mit Ermahnungen. Und der Kanzler hatte ihn beiseite genommen und hatte zu ihm gesagt sieh mal Alex ich verstehe daß für dich all das wichtig ist aber sieh zu daß du keine Dummheiten machst und wenn du willst lasse ich dir die Schlüssel vom Büro in der Via Ghiselli da, dann kannst du Aidi die Landkarten zeigen und alles ist in Ordnung aber achtet darauf

a) das Wasser abzudrehen

b) zu kontrollieren, daß die Tür gut verschlossen ist

c) alles so zurückzulassen, wie ihr es vorgefunden habt.

Timeo parens et dona ferentes, der uns bekannte Schlaukopf flitzte zum Haus von Großmutter Pina, den Jollinvicta gestopft voll mit Klamotten und Büchern, radelte er die Via Saragossa zur Abendessenszeit lang, als es schon dunkel wurde, wich in letzter Sekunde ein paar Autotüren aus und sang aus voller Kehle Friday I'm In Love von den Cure, ein großer Hit in jenem Juni, der parallel zu unserer Geschichte lief.

Die Leute müßten den Radfahrer dankbar sein, statt zu versuchen, sie durch plötzliches Öffnen ihrer Scheißtüren aus dem Weg zu räumen, würde man doch sagen. Ihnen dankbar dafür sein, daß sie die Luft nicht noch mit mehr Scheiße verpesteten. Denn sie gehört uns schließlich allen, wie man im Kindergarten Gobetti lernt. Also: die *Luft* natürlich.

(Er spielte mit Großmutter Pina am Abend Karten, und zwar Briscola, ein paar Partien gewann er.)

Um Punkt neun am nächsten Morgen trafen sich unsere Piraten wie abgemacht vor dem Haus der Eltern des alten Alex. Er hatte den *Schlüssel*, dieser Schlaukopf, und die Eltern, lieber Himmel, waren seit Stunden weg . . . Dann aber, als er sich mit der verdammten Tür der verdammten Wohnung herumschlug, wollte der Schlüssel nichts davon wissen zu funktionieren. Die Piratin war genauso verwundert wie der Pirat, doch die Sache ließ sich nicht wegdiskutieren: der Schlüssel machte eine Umdrehung, anderthalb Umdrehungen, und das Scheißsicherheitsschloß sprang einfach nicht auf. Voll enttäuscht wichen sie auf das Büro in der Via Ghiselli aus. Sie verbrachten den ganzen Morgen damit, in ihr Heft zu schreiben, und irgendwann stand unser Crack im Bad vor ihr, und sie rasierte ihn mit Schaum und Naßrasierer.

(Der Nachmittag flutschte weg mit überflüssigem Hin- und Herradeln, Pendeln und Tiefflügen zum Schlüsseldienst.)

Man wird nicht zufällig Großmutter, zum Glück.

Das Parkett knarrte, Taschen wurden durchwühlt und Geldbörsen inspiziert, das Parkett knarrte noch einmal, und dann kam die Mutter seiner Mutter noch am selben Abend in die Küche und brachte ihm ein Orangenbonbon und einen Ersatzschlüssel für die Wohnung seiner Eltern.

»Aidi«, kündigte er freudestrahlend in einem Telefongespräch mit dem Haus am Seminar an, »morgen können wir rein!«

Aus dem magnetischen Archiv des Herrn Alex D. Die Wohnung ist ziemlich groß, mit unterschiedlich geschmackvollen Tapeten. Mein Zimmer ist in dem Augenblick, als Aidi eintritt, ein bißchen anders als sonst. Die Sonne scheint durch die Glastür, die auf die Terrasse führt, und da sind die Fotos der Beatles für die entspannten Tage, der Pistols für die Tage voller Wut und das von Malcolm X., der mir mit der geschlossenen Faust Mut macht, wenn ich um Viertel nach sechs wach werden muß, um zu lernen, weil ich am Tag vorher das Buch nicht aufgeschlagen habe.

In ihrem Rucksack hat Aidi das Heft und ein paar Fotoalben mitgebracht, ein altes, mit ihrer Mutter und ihrem Vater kurz vor der Heirat, und Aidi spricht verträumt darüber: goldene Zeit nach 68, Liebe und Pläne, Miete zu zahlen und Feste der Unità. Ich beneide die beiden, auch wenn zwischen ihnen heute alles aus ist. Im zweiten Album sind Fotos von Chiara auf Sizilien. Mit Freunden, Vettern und Cousinen. Aidi empfindet für ihre Schwester eine überraschende Zuneigung.

Ich weiß nicht, ich glaube, mein Bruder mag mich im Grunde gern, aber mit Sicherheit hat er nicht die geringste Spur von Interesse oder Bewunderung für das, was ich tu. Meine Mutter sagt in vertraulichen Momenten, daß das nicht stimmt und daß ich mir in der Rolle des Unverstandenen gefalle.

Chiara ist wunderschön.

Ein Nachmittag, um mit dem Rad durch die Hügel zu fahren. Allein. Wie ein Girardengo aus anderen Zeiten.

Dann geschieht es, daß sie hoch nach San Luca gehen, am längsten Portikus Europas lang, in diesem hollywoodmäßigen Morgengrauen, kein Mensch unterwegs, weil es ist ungefähr sechs Uhr am Morgen. Aufnahme von unten. Hand in Hand steigen sie die Stufen hoch. Und lächeln.

Aus dem magnetischen Archiv des Herrn Alex D. In der Sportschau am Nachmittag geben sie Dänemark schon verloren, zermalmt von den deutschen Kettenpanzern.

Aidi und ich. Werden wir uns je küssen? Werden wir uns je lieben? Werden wir irgendwann zusammensein? Und wird das besser sein, als uns wie heute morgen um Viertel vor sechs zu treffen und zusammen zu träumen, in einem Film zu sein? Was will ich von anderen Mädchen? Was suche ich? Warum muß ich mich bei ihr immer vergewissern? Warum führen wir diese echt besondere Freundschaft fort? Warum sind wir so verflucht unsicher, alle beide, aber sie besonders? Wäre es anders, wenn nicht Amerika dazwischenkäme?

Ja.

Ich kann nicht sagen, was geschehen würde, aber die Spannung wäre natürlich nicht so stark, wenn sie nicht weggehen würde, statt dessen werde ich jetzt von morgens bis abends von einer Stimmung wie Letzte Tage von Byzanz oder Belagerung von Madrid vorangetrieben.

Ich krieg's gerade nicht besonders gut zusammen. Bin heute morgen zu früh aufgestanden.

(Allein in einen Film auf spanisch gehen, ohne Spanisch zu können.)

Aus dem magnetischen Archiv des Herrn Alex D. Wir haben uns das Endspiel gemeinsam angesehen. Mit Spaghetti in der Pause. Dänemark hat echt gewonnen. Wir haben uns umarmt, während die Spieler ihre Trikots tauschten, und da lag eine gewisse Magie in der Luft. Aidi hat mich angesehen, und dann hat sie die Augen geschlossen, drei Zentimeter von mir weg. Da geschehen unmögliche Dinge. Dann haben wir über Koan gesprochen, buddhistische Mönche, Amerika, die Pogues, was wir am letzten Abend tun, Eifersucht und Ferne.

Um sie auf den Arm zu nehmen, habe ich ihr die Familie in Pennsylvania vorgespielt, wie sie ihr was Gutes tun wollen und einen italienischen Abend organisieren, mit Pizza und Vino rosso, während der Father, als Pulcinella verkleidet, radebrechend O sole mio singt.

Wir haben uns noch hundertmal geküßt, bis zum Morgen.

Ich will den ganzen Nachmittag lang schlafen. Wir haben noch morgen und übermorgen und überübermorgen.

(Er kettete das Bike in der Nähe der Gittertore an, die auf den Viale Gandhi hinausgingen. Es war das erste Mal, daß er ihn besuchte, und da war kein Mensch auf den Kieswegen, nur diese gewaltige Stille. Ein Mann verkaufte Blumensträuße in verschiedenen Farben und Größen an einem Stand aus Grabsteinen. Er kaufte in aller Ruhe einen Strauß und tat dann, was getan werden mußte. Er wechselte das Wasser in den kleinen Vasen, stellte seine Blumen hinein, lauschte dieser gewaltigen Stille und zog den Walkman aus der Tasche.)

Ich widme dir No Feelings von den Pistols, direkt aus meinem Walkman, Martino. Eine feste Umarmung, unter Männern, Bruder.

Sie hörten sich alte Alben von R. E. M. und den Dire Straits an. Dann, bei den ersten Worten von Tunnel of Love, verkroch sich Aidi unter das Telefontischchen. Ein ziemlich schwer verständliches Verhalten, aber es war eben ein stark mysteriöser Moment. Der alte Alex hätte alles darum gegeben, zu wissen, was sie jetzt dachte. Gleichzeitig wollte er es nicht wissen.

Er war durcheinander, streifte durchs Haus und sah dabei auf seine Füße.

Unsere Piraten vom Streß gepeinigt.

Doch Aidi war noch immer da, *unter* dem Telefontischchen, und er konnte sie immer noch küssen und sie an sich drücken. Er konnte sie noch bei sich behalten.

Er hatte ihr die orange Decke mit der Giraffe geschenkt. Darin hatten ihn seine Eltern aus dem Krankenhaus nach Hause gebracht.

Er hatte sich immer damit zugedeckt, jeden Winter, und jetzt würde sie darunter schlafen, in Pennsylvania.

Am letzten Morgen im Park waren sie wahnsinnig angespannt und gut und pünktlich und lieb. Sie merkten deutlich, wie sehr doch alles echt nach Ende aussah.

Aus dem magnetischen Archiv des Herrn Alex D. Diverse Kontrollen, ja, deine Adresse in Pennsylvania habe ich, vielleicht schicke ich deinen Eltern, Federico und Chiara eine Weihnachtskarte.

Ein Jahr ohne Liebe und ohne Freude, ich glaube, ich sehe ihm ins Gesicht.

Und manchmal will sie selbst nicht, richtig ist es für keinen.

Okay.

Aber Scheiße, was mache ich an den Nachmittagen, wenn ich sie sehen möchte, auch nur für eine Sekunde, vielleicht nur mit dem Fahrrad vorbeifahren, ohne daß sie mich bemerkt.

Für mich bist du mehr als eine Person, mehr als eine Freundin, mehr als ein Mädchen, du bist quasi eine Idee, wie Jonathan Livingston, aber du bist doch wirklich und kommst zu spät zu Verabredungen, genau wie ich, und ziehst den grünen Pullover auch im Juni an . . .

Es ist nicht zu Ende, oder?

Nein.

Versprochen?

Versprochen.

Weggefährten also.

Zum Haus von Großmutter Pina, das Rad dalassen, zu Fuß zur Haltestelle vom Bus, der zum Bahnhof fährt.

Bolzano, einfach.

Hörte sich Scheiße an, was?

Am Bahnhof Bozen würden ihn die Eltern mit dem Auto abholen, um mit ihm in die Berge zu fahren, ein klein bißchen Ferien zu machen, ein wenig zusammenzusein. Auf der Serpentinenstraße würden sie ihn mit siebenhunderttausend Fragen löchern, so in der Art: was hast du in der letzten Woche gemacht, wie geht es der Großmutter, warum zum Teufel schneidest du dir die Haare immer noch so usw., und er würde Kopfschmerzen haben und

Aidi würde nicht mehr dasein.

Ihre Geschichte war eine, die im Kino nie funktionieren würde. Na ja, zum Glück.

Viel zu wenig Sex.

Aber wie Caulfield sagen würde: wenn ich etwas hasse, sind das Filme. In einem gewissen Sinn, sagen wir mal. Jedenfalls will ich nichts davon wissen

mit ihr, die ihn mit Rehaugen anschaut, und am Ende gehen sie in einer typischen Hollywood-Morgenstimmung auseinander, und er stößt sein altes Skateboard über den eiskalten Asphalt. Dann zack! Aufnahme von ihr, wie sie weint, zack! schwarze Leinwand mit Überblendung von Blockschrift, ein bißchen graffittimäßig, und man kapiert, das ist eine Art Tagebuchseite von ihm. Er wäre übrigens Marky Mark, im Film. Kann mir vorstellen, das würde ein Schweinegeld kosten, den zu engagieren, Marky Mark.

Gleich nach dem Essen nahm er einen Notizblock und schrieb im Abstand von ein paar Zeilen dreihundertfünfundsechzigmal das Wort

eins für jeden Tag im Jahr. Er würde es noch am Nachmittag Aidi bringen. In Pennsylvania könnte sie jeden Morgen eins lesen, und das wäre ein bißchen so, als wäre er da und wünschte ihr einen schönen Tag.

Er setzte sich Großmutter Pina gegenüber und erzählte ihr alles. Ihre Augen leuchteten, als erinnerte sie sich vielleicht fünfundfünfzig Jahre zurück, wie sie dasaß und heimlich Liebesbriefchen schrieb, über den Tisch in ihrem Zimmer gebeugt. In Castel San Pietro.

Dann war es Zeit zu gehen.

Es ist das letzte Mal, daß er den steilen Weg beim Seminar hochradelt. Der Himmel wird langsam dunkel.

Kein Ort ist fern. Wenn ihr bei einem sein wollt, den ihr liebt, seid ihr nicht vielleicht schon da?

(Der alte Alex würde gerne sterben, während ihn ein Mädchen im Nacken streichelt, wenn er die Haare ratzekurz hat.)

Sie hörten Sayonara von den Pogues, stimmt's?

Zum Schluß war er es, der sich aus der Umarmung löste, sie ein letztes Mal küßte, bevor er aufs Fahrrad stieg.

Ey, er fährt weg, ohne sich umzusehen, dieser Crack!

Noch härter, im großen Gang für die Ebene.

Er spürt die Anstrengung nicht.

Gut. Sie hatten beschlossen, daß sie eines Tages zusammen nach Paris fahren würden, unsere beiden Piraten – Sonnenbrillen und fröhliche Ausflugsgesichter auf dem Bahnsteig der Gare de Lyon. Ich sehe sie vor mir. Das könnten sie eines Tages echt tun.

Und dann, warum zum Teufel sind denn seine Augen so – wie soll man sagen – so *glänzend*, während er zum letzten Mal wie ein vielleicht ein bißchen kleinerer und rockigerer Girardengo die Via Codivilla runterfährt?

Was tut dieser abgedrehte Typ denn da, *weint* er?

Das weiß nicht mal er selbst.

Klar, daß er göttlich radelt, von der Fernsehkamera im Hubschrauber aus gesehen. Und was für eine *Haltung*. Nicht schlecht, oder?

Jedenfalls weint er überhaupt nicht. Er hat nur ein ganz klein wenig glänzende Augen wegen der enormen Geschwindigkeit, ist doch klar.

Okay. Und auch weil dieser Hurensohn von Kleiner Prinz den Fuchs gezähmt hat. Und dann vielleicht, weil er daran denken mag, daß von den beiden Piraten jetzt etwas irgendwie für immer verlorengeht. Ihr wißt, wie gewisse sentimentale Radrennfahrer manchmal reden. Vielleicht denkt er gerade, daß bestimmte Dinge im Leben eines

Menschen nur ein einziges Mal geschehen können. Ja genau, das könnte sein.

Mit Sicherheit hat er dieses Mädchen im Kopf, das noch daran glaubt, daß die Menschen beinahe alle gut sind. Sie lebt praktisch in einem Haus mitten im Wald, und einmal ist sie gekommen, um sich von ihm am Flughafen zu verabschieden. Und dann hat er dieses eine Mal am Telefon im Kopf, als der alte Alex dachte, sie sei dran, aber dann war es die Mutter. Ihre Mutter, meine ich.

Und dann sind da auch noch all die Nachmittage auf der Wiese im Garten dieses gewissen Mädchens, einer halben Piratin, die sie mit Musik und Reden und so verbracht haben.

Jedenfalls weint er überhaupt nicht. Und außerdem ist er ein *Girardengo*, Scheiße . . .

Lieber Himmel, jetzt geht's aber ab.

Ey, frage ich, habt ihr ihn gesehen?

Na klar, na klar, lassen wir den Jungen radeln, und ihr könnt mir glauben, schließlich kenne ich ihn schon ewig: Wenn seine Augen ein bißchen glänzen, dann weil der alte Alex schnell wie der Wind ist